だいわ文庫

鈴の神さま

知野みさき

大和書房

鈴の神さま

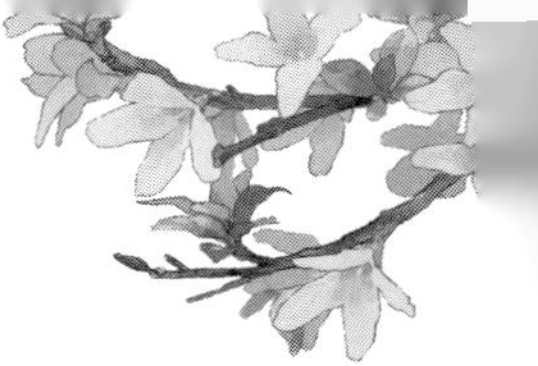

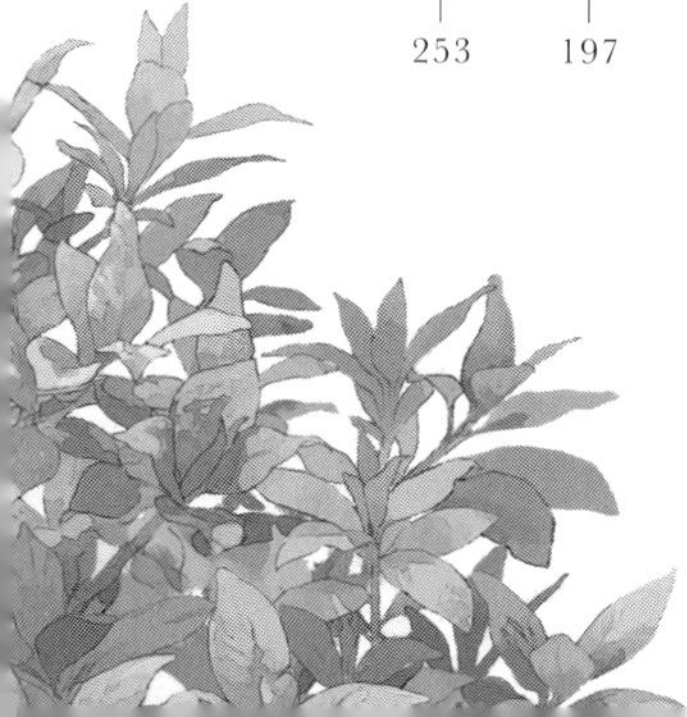

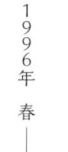

鈴の神さま

——1996年　春

三月も終わりの陽射しが柔らかい。

のどかな土曜の午後に、バスは緑の影をくぐりながら、山道を滑らかに走って行く。細く開けた窓からは、気持ちのいい風が舞い込んできて俺を眠りに誘う。

窓際のシートでうつらうつらしていたら、車内放送でいきなり名前を呼ばれた。

「有川《ありかわ》さん。有川冬弥《とうや》さん」

「はい……」

一瞬、自分がどこにいるのか判らなくて、俺はぱしぱしと瞬《まばた》きを繰り返した。

そうだ。

じいちゃんちに行くんだ……

朝イチに東京を出て、電車を乗り継いで七時間。バスに乗りかえて更に一時間。

じいちゃんちは四国の、まさにど田舎という言葉がぴったりの場所にある。

がらがらの車内を歩いて前に行くと、運転手のおじさんがにっこり笑った。どこにでもいそうなオヤジなのに、制服をぴちっと着こなしていて好感度は高い。

「次で降りるようにと伝言です」

「でも俺、高野町《たかのちょう》まで行くんですけど」

「うん。それがね、君のおじいさん、次の停留所に迎えに来てるそうだよ」

そうですか、と――他に言いようもないので――小さく返して俺は席に戻った。

さすが田舎。

こういうこともしょっちゅうなのか、他の客の微笑ましげな視線が逆に恥ずかしい。朝から忙《せわ》しげに、よそ見もせずに人が行き交っていた東京が、すごく遠くに感じられた。

考えてみれば、普段学校にいる時間を丸々電車でぼーっとしていたことになる。一眠りしたせいもあるけれど、座りっぱなしの疲れはなく、むしろ久しぶりにゆっくり休んだ気がして、俺は窓の外を眺めながら、少しだけ身体を伸ばした。

停留所に着くと、運転手が言った通りじいちゃんが待っていて、俺を見ると手を挙げた。

「冬弥、こっちだ」

「じいちゃん」

「斉木《さいき》さん、どうも」

「いやいや。いいねぇ、お孫さんが遊びに来るなんて」

じいちゃんは運転手と短い言葉を交わし、手を振ってバスを見送った。バスに残っていた少ない乗客は、じいちゃんと、じいちゃんの車を見比べている。じいちゃんはひょろりとした長身で、姿勢もいい。なのにその背丈に似合わず、車はこの辺りでは珍しいミニだ。真っ黄色のそれは、ぴかぴかに磨き上げられていてカッコイイ。

「ちょうど隣町まで出る用事ができてね」

身体を折ってミニに乗り込みながら、じいちゃんが言った。

「営業所に電話したら、もうすぐここを通過するって言うからさ」

「びっくりした。こんなとこで降ろされたら、俺、どうしたらいいのか判んないよ」

「だよなぁ」

田舎の狭い道を、じいちゃんの運転するミニはするすると抜けていく。

「じいちゃんち、まだまだ遠いの？」

「いや、あと、そうだな、半時間くらいかな」

「充分遠いよ……」

俺がつぶやくように言うと、「ははは」と、じいちゃんは笑った。

じいちゃんが退職を機に高野町に引越したのは五年前で、ちょうど同居していたハル叔父さんの転職が決まった後だった。

無人になった東京の家は、今は父さんの従兄弟に当たる人に貸していて、じいちゃんは退職金と年金、それに家賃収入で悠々自適らしい。月に一度にじいちゃんが東京に遊びに来るから、今まであまり引越したという気がしなかったけれど、娘である母さんはともかく、俺がじいちゃんちを訪ねるのは今日が初めてだ。

「本当に遠くからよく来たよ。電車だと一日仕事だものな。でも、電車も悪くないだろう？」

「まあね。じいちゃんが言った通り、富士山が結構近くに見えた。あと、橋。瀬戸大橋がすげかった」

でも――じいちゃんおススメの列車旅も悪くはなかったけれど――本当は今頃、俺は飛行機でパリへ向かっていた筈だった。

春の国際ジュニア・コンクール。

そのためにこの半年、俺はいろんなことを諦めながら練習に励んできた。

けれど……。

俺の複雑な心境を察したのか、じいちゃんは大仰ににっこりした。

「パリには敵わないが、日本の田舎も捨てたもんじゃないぞ」

「……そんなスゴイとこなの？」

自信満々なじいちゃんがおかしくて、俺はやっと小さく笑うことができた。

「そうだ。びっくりするぞ。――ほら」

ミニが左折して、目の前に黄色い景色が飛び込んできた。道の両脇に、鮮やかな黄色い花が咲き乱れている。道路の舗装がなくなって、じいちゃんは少しスピードを落とした。

「連翹《れんぎょう》というんだ」

俺が訊く前にじいちゃんが言った。

「すごいだろう。ちょうどいい季節に来たよ。これがあるからこの家は、ここらでは連翹荘って呼ばれてるんだ」

「へー」

家の前の、少し広くなっている場所にじいちゃんは車を停めた。外に出ると、午後の光を浴びて、花の黄色がますます眩《まぶ》しい。

家は木造平屋で、古く、でもしっかりした造りのものだった。門や塀こそないものの、藁葺《わらぶ》きじゃなくて瓦屋根なのが、昔話というよりも時代劇っぽい。

「レトロ～」

「そこがいいんだ」

俺の反応を楽しむように、じいちゃんが言った。

「すげー」

引き戸を開くといきなりキッチン――いや、台所だ。しかもかなり広い。

土足でいいってことは、これが土間ってやつなのかな。

「こっちは勝手口だ。玄関は向こうだけど、こっちの方が出入りには便利なんでね」

「すげー！」

靴を脱いで台所から居間に上がると、続きになっている広い部屋を歩き回る。

「畳だ、畳」

昔からある家はともかく、東京の新しい家はほとんどがフローリングだ。俺の家も例外じゃない。数えてみると、手前の居間が十二畳、続きになっている奥の部屋も十畳ある。六畳一間にいろんなものがごっちゃに置かれてる俺の部屋とは、比べ物にならない開放感だ。

「奥の部屋を空けたから、冬弥はそこを使うといい」

「俺、畳の上で寝るの、林間学校以来だよ」

「喜んでもらえて嬉しいよ」

家は3LDK——というか、3L＋土間——で、太陽の位置からすると、多分、東向き。玄関もウチより広いけど、どこかかしこまっていて、じいちゃんの言う通り、出入りするだけなら勝手口の方が断然使いやすそうだ。台所の裏手に風呂と洗面所があり、居間と書斎が背中合わせで、俺が使う部屋の奥はじいちゃんの寝室になっている。居間から俺の部屋を回って書斎まで、ぐるりと広い縁側が渡っていて……なんだっけ？

——オモムキがある。

「……じいちゃんち、テレビないんだ？」

居間にテレビが見当たらないのにびびって、俺は訊いた。

「テレビはないが、パソコンがあるぞ」

「ふうん」

テレビがないというのは信じられないけれど、パソコンがあるというのは嬉しい。

家にも一台あるけれど、それは父さんの仕事用で、俺は一切触らせてもらえないのだ。

見た目は古いけど、家の中は結構リフォームされてるみたいだ。風呂はタイル張りで、やっぱりレトロな感じだけど、台所と同じくガスだし、トイレも一応洋式で水洗だ。じいちゃんとあちこちを見てまわりながら、東京の便利な暮らしに慣れている俺は内心ほっとした。

早速パソコンを使わせてもらおうと、書斎に行って驚いた。書斎の壁際にぐるりと並んでいる本棚の一部がマンガで埋まっていたからだ。

「じいちゃん、マンガも読むんだ」

「読むぞー、なんでも」

じいちゃんがおどけて応えるのに、俺は笑った。

さすが、じいちゃん。

商社勤めだったじいちゃんは、長いことヨーロッパ家具を輸入する部署に所属していて、若い時はバイヤーとしてヨーロッパ各地を飛び回っていた。俺が生まれた頃にはとっくに管理職になっていたけれど、それでも年に数回は海外出張に出ていたから、小さい頃はじいちゃんの土産と土産話がすごく楽しみだった。

英語はもちろん、フランス語とイタリア語も少しはできるみたいだし、好奇心旺盛で遊び心がある。子供の頃から歳に関係なく、どこまでも対等に扱ってくれるのが嬉しかったし、今でもそうだ。じいちゃんとは半世紀も年が離れているけれど、他の大人と接する時と違って、なんとなく、安心してフッーに話ができる。

じいちゃんもそれを知っていて、今回、母さんを説得してくれたんだろう。

少し早い晩ごはんの用意は、じいちゃんがしてくれた。

俺も形ばかり手伝ったものの、料理なんてほとんどしたことがないから、自分でもとろくて情けない。

食卓に並んだものは、普段食べつけていない野菜中心の和食だったけど、これが意外に美味しい。町の人が分けてくれるというお米は、炊いたらぴかぴかで噛み応えがあるし、じいちゃんの家庭菜園でできたというサヤエンドウも玉ねぎも、とても今まで俺が食べてきたのと同じものとは思えないくらい旨味がある。

「冬弥が今まで食べてきたのは、単に古かったのさ」と、じいちゃんは笑う。

「えー、でもウチのだって、産地直送宅配ってやつだよ。新鮮さがウリの。母さん、そういうとこはこだわるからさ」

「新鮮さが違う。こっちは五分前に畑から採《と》ってきたばかりだ」

そう言ってじいちゃんが薄くスライスしてくれた玉ねぎは、みずみずしくて、玉ねぎとは思えないくらい甘かった。生の玉ねぎなんて今までどちらかというと苦手だったのに、これだけ甘いとポン酢だけでさくさく食べられる。

食後はまだ明るいうちに風呂に入り、風呂上がりにじいちゃんが買っておいてくれたアイスを食べながら近所を少し散歩した。一番近い「お隣りさん」でさえ、一キロは離れているという。

「少し歩いたら、川もある。釣りをするなら竿を貸すぞ」

「少しってどれくらい？」

「うーん、冬弥の足で二十分くらいかな」

「それって、すげ、遠いんですけど」

「歩き出したらそうでもないさ」

家庭菜園を含む広い敷地の周りは、良く言えば「自然がいっぱい」、悪く言えば「荒れ放題」だ。少し離れたところには小高い山も見える。これもじいちゃんが教えてくれた、まだ青いススキやセイタカアワダチソウに紛れて、山へ続く獣道のような細い道が見えた。

「あれをたどれば、頂上に行ける？」

「ああ。運が良ければ、神さまも拝める」

「神さまぁ？」

じいちゃんは無宗教・無信仰だと思ってた俺は、びっくりして訊き返した。そんな俺を、じいちゃんは意味ありげに見下ろすと、にっこり微笑んだ。

「うん。あそこには、今でもちゃんと神さまがいるんだよ」

一ヶ月ほど前に突き指をした。

友達二人と電車の中でふざけ合っていて、揺れた拍子にとっさに伸ばした手がドアに強く当たった。普通の中学生ならよくある、ちょっとしたアクシデントだ。

ところが帰宅してそのことを告げた途端、母さんがぶちきれた。

——五歳の時に、七つ年上の姉貴のレッスンについて行って、俺はグランドピアノに初めて触れた。姉貴の練習用にと、家には電子ピアノがあったけれど、俺は触っちゃいけないことになっていたし、それでも何回かいたずらをしたことはあったものの、姉貴がいつも嫌そうに練習しているのを見ていたせいか、ピアノにいい印象を持っていなかった。

「冬弥くんも、ちょっと弾いてみる?」

先生がそう言ったのは、単なる新しい生徒の勧誘にすぎなかったと思う。でも、初めてグランドピアノに触れた俺は、それが姉貴の電子ピアノとはあまりにも違うことに驚き、子供ながらにひどく感動した。

更に、その日のうちに俺は、自分がピアノとすごく相性がいいということを発見した。先生が試しに弾いたフレーズを、俺はどれも簡単に、すぐに真似して弾くことができたのだ。

その日から母さんは、ステージママのごとく、俺にピアノを仕込み始めた。

グランドピアノはスペース的に諦めざるを得なかったけど、部屋には簡易防音設備がほどこされ、電子ではなくアップライトのピアノが置かれた。幼稚園から帰ると、かなりの時間が練習に費やされるようになり、同時に、危険な遊び――工作、スポーツなど――は極端に制限された。

突き指などの怪我を防ぐためだ。

母さんが今回ぶちきれたのは、初めての国際コンクールを控えていたせいもある。俺自身も不注意だったと思ったし、母さんの怒りはもっともだ。でもつい言い返してしまったのは、母さんが考えているような反抗期とかじゃなくて、最近自分がクラシックについて懐疑的なせいだと思う。

「懐疑的、か。随分難しい言葉を使うようになったもんだ」

「バカにしてんの？　もうすぐ中三だよ」

「そうか。すまん」と、じいちゃんは笑った。

突き指自体はたいしたこともなく五日ほどで治ったけれど、喧嘩のしこりは残った。練習をしていてもなんとなく「違う」気がして、やる気はなくなるし、ミスは増えるし、そうなると母さんの文句も増えるわで、売り言葉に買い言葉、とうとう「もうコンクールなんか出ない！　ピアノもやめる！」と宣言してしまったのが一週間前だ。

さすがにやばいと思ったのか、その時は父さんが間に入って、母さんと俺をなだめた。それから父さんは、じいちゃんと相談の上、じいちゃんに母さんを説得してもらって今回のコンクールをキャンセルし、ついでにじいちゃんちでの「息抜き」を提案してくれた。

ピアノの練習は一日休むと三日後退すると言われている。だから俺はピアノを始めてからずっと、旅行らしい旅行をしたことがない。ピアノのないじいちゃんちに二週間も、と、母さんはぶーぶーだったけど、そこはじいちゃんが「父親の威厳」で押さえ込んだようだ。

とにかく家から――ピアノから――離れてみたかったのだと思う。

俺自身は特に田舎には魅力を感じていなかったけれど、じいちゃんがこっちに住んでてくれて助かった。じいちゃんの東京の家は、ウチからバスで十五分ほどだから、逃避行には近過ぎる。

「今まであんまり考えずに課題曲やってきたけど、コンクールってクラシックばっかじゃん。俺、クラシックも好きだけどさ。最近なんか、面白くないっていうか」

「じゃあ何なら面白いんだ？」

のほほんとじいちゃんが訊いた。

「……ジャズとか？」

「いいな。しかしなんだ、ピアノでいいのか。私はまた、テレビゲームとかサッカーとか言うのかと思ったよ」

「ゲームもサッカーも好きだけど、俺、まだピアノも好きだよ」

「そうか」

「でもジャズなんて、母さん絶対駄目って言うと思う。バイオリンだってクラシックしかやるなって言ってるくらいだもん」

「ははは。そうだな」と、じいちゃんは遠慮なく笑った。

父さんはバイオリン、じいちゃんはクラリネットと、ウチは何気に音楽一家だ。

父さんはバイオリニストというよりは、フィドラー。普通の人には違いが判らないだろうけど、本人は大いにこだわりを持っている。バイオリンもフィドルもモノは一緒なんだけど、奏でる音楽が違うのだ。大雑把に言えば、バイオリンはクラシック、フィドルはフォーク——民族音楽がメインだ。父さんは学生時代にケルティックと呼ばれているヨーロッパの民族音楽にはまり、会社員だけど専門のクラブに入ってるし、ケルティックがマイナーな日本では、時々演奏の依頼が来たりする。

母さんと結婚したのもケルティックが縁というか、ダブリンのパブで、飛び入りで弾いていた旅行中の父さんと、一杯引っかけに出た出張中のじいちゃんが意気投合。帰国後に父さんがじいちゃんちを訪ねて母さんと出会い、とんとん拍子に結婚することになったらしい。有川家に婿入りしたのは、母さんの弟であるハル叔父さんが、若い時から生涯独身を宣言していたのと、父さんが三男で家を継ぐ必要がなかったからだと聞いている。

「勝手なんだよ。ピアノを始めなかったら、俺、絶対フィドラーになってたもん」

今でもピアノの合間に、父さんから教えてもらっているバイオリンは、俺のいい気分転換になっている。もともと姉貴はピアノ、俺はバイオリンという心積もりだったらしく、俺はピアノに出会う前から、父さんにバイオリンを習っていた。

「冬実《ふゆみ》はなぁ、ピアノに対するコンプレックスというか――思い入れが強すぎるんだよな」

「そうなんだよ」

母さんの母親、つまり俺のばあちゃんは、俺が生まれるずっと前――母さんが高校生の頃に病気で亡くなった。京都の旧家のお嬢様で、小さい頃からピアノを習っていて、結婚して東京に移った後も、家で小さな教室を開いてピアノを続けていたと聞いている。当然、娘である母さんも子供の頃からピアノを習い始めたのだが、どうやら母さんにはそっち方面の才能がなかったようだ。

「姉貴がまた、母さんの味方をするんだよなぁ……」

姉貴の玖美夏《くみか》は母さん同様、あまり音楽のセンスがない。でも母さんほどピアノに対するこだわりがなく、むしろイヤイヤ練習していた姉貴は、俺がピアノを始めたのを幸い、すっぱり音楽とは縁を切って中高はバスケで青春を謳歌した。

――そのくせこういう時に限って、えらそうに口を挟んでくるのだ。

「母さんの気持ちも考えなさいよ、とか。なんかムカつくよ」

「それくらいは言うだろう」

判ってやれよ、と言わんばかりにじいちゃんが笑うから、俺も渋々頷いた。

俺にだって判ってる。

母さんはばあちゃんのことが、すごく好きだったに違いない。だからきっと、ピアノが上手く弾けなくて悲しかったんだと思う。姉貴は母さんよりちゃっかりしてるけど、やっぱり少しは悩んだ筈だ。ピアノをやめた時も「ラッキー」なんて言いながら、俺に後を託すような感じだった。

俺だって、俺のピアノを母さんや父さんが喜んでくれるのは嬉しい。でもそれだけで続けていけるほど、俺はもう子供じゃない……。

「水絵《みずえ》がまた、クラシック一点張りだったからなぁ」

「らしいね」

「出会った頃は私も彼女の気を引きたくて、慣れないクラシックを練習したもんだ」

「へぇー」

じいちゃんとばあちゃんが大恋愛の末に結婚したのは知ってたけど、詳しい馴れ初めは聞いたことがなかった。

じいちゃん曰く、若い頃にジャズに傾倒してクラリネットを習い始めたらしい。大学でもジャズバンドで活躍していたという。たまに家で一緒に演奏する時は、父さんのバイオリンも含めてクラシックばかりのトリオだったから、じいちゃんがそんなにジャズが好きだったとは知らなかった。

「そういえば、じいちゃんちでは結構ジャズがかかっていたような……？」

「うん。実はちょっとしたコレクターなんだ。見てみるか？」

そう言ってじいちゃんが少し自慢げに見せてくれた書斎の押し入れには、今はほとんど見かけなくなったレコードがCDと一緒にずらりと並んでいた。

「半分は水絵のクラシックだけどな」

「半分でもすごいよ。つか、じゃあ、俺がジャズもいいなって思うの、じいちゃんの血かな」

「そうかもな。だが、冬実には言うなよ。私が怒られるからな」

「ずりー」

俺とじいちゃんは顔を見合わせて笑った。

「まあそういう訳だ。クラシックでもジャズでも、プロになるには厳しい練習が必要だろうが、音を楽しむと書いて音楽だ。若いうちはなんでも試してみたらいいさ。ジャズに限らずロックでもレゲエでもいい……なんせまだ、中学生じゃないか」

「そうなんだけど、じいちゃんの時代とは違って、付属校受験するかどうかとか、セミナーを取るか取らないかとか、中学でもいろいろあるんだよ」

「なるほど。大変なんだな」

他人事のようにじいちゃんはにやにやして、それから思いついたように言った。

「そうだ。ピアノはないが、バイオリンなら貸してもらえるぞ。時田《ときた》さんのお孫さんが、前に習っていたらしい」

ったた。

「いいじゃないか。とりあえず借りて来るさ。気が乗らなきゃ放っておけばいい」

そう言ってじいちゃんは、早速、「町」に住む時田さんという人に電話をかけに行った。

「え、いいよ。別に」

俺は呆れながらも、レコードと同じく押し入れにしまわれていた楽譜を一冊手に取ってみた。

ピアノ、バイオリン、クラリネットの協奏曲ならいくつか思いつくけど、バイオリンとクラリネットだけだったら何が弾けるかな。

音符を目で追ううちに、俺の指はいつの間にか楽しげに譜面をタップしていた。

翌朝は頑張って、じいちゃんに合わせて早く起きた。

朝ご飯の前に菜園の手入れを手伝い、食べられそうな野菜を収穫する。菜園と言っても思ったよりずっと広く、小さいながらハウスもあって、俺にとっては畑と変わらない。俺がそう言うと、じいちゃんは照れた笑いを浮かべた。

「ついのめり込んでしまってな」

凝り性なんだ、と、じいちゃんは言った。

昔から、興味を持ったらまず始めてしまう。少しでも面白いと思ったらどんどんはまる。引越してきた時には考えてなかったが、せっかく土地もあることだし、と、野菜作りを始めてみたら、あっという間にはまって、今や米以外の野菜はほとんど自給自足らしい。

「多芸は無芸と、からかわれる所以《ゆえん》でもあるんだが……」

苦笑してじいちゃんは頭をかいた。

外から帰って来ると、タイマーで炊き上がったご飯のいい匂いが、家の外までただよっていた。

育ち盛りの腹が派手に鳴る。

鍋ややかんなどは使いこまれていて、台所になじんでいるけど、炊飯器だけはぴかぴかの最新のもので、そこだけタイムスリップしたかのように近未来的だ。

俺の視線に気付いたじいちゃんがにっこりして言った。

「こいつには、日本人の技術と情熱が凝縮されているのさ」

パソコンもそうだけど、こんな田舎に住んでいても、新しいモノ好きなのはそのままらしい。

午前中に少し書斎の整理をして、じいちゃんと俺はミニで「町」に出た。

町といっても数百メートルほどの間に、雑貨屋、酒屋兼本屋、床屋、和菓子屋がそれぞれ一軒ずつあるだけだ。それらは農機具なども扱っている道具屋兼修理工場みたいな店や、集会所のようなデカイ建物の間にぽつぽつと建っている。

雑貨屋は学校の女子が出入りするような可愛い店じゃなくて、雑然としたスーパーの縮小版。大きくない店内の片隅には肉や魚も売られているし、カウンター越しにコーヒーも注文できて、作業着を着た年配の人たちが、少し訛りのある話し方で「エスプレッソ」とか「カプチーノ」とかオーダーしていくのが新鮮だ。

この辺りではそこそこ有名だという和菓子屋で、じいちゃんは小ぶりの薄皮饅頭《まんじゅう》をいくつか包んでもらった。

集会所の前を通り過ぎる時、ちょうど外に出てきた男の人がじいちゃんを呼んだ。

「ナツさん、一局打っていかんね？」

「いや、今日はちょっと。孫が遊びに来てるんですよ」

集会所は碁会所でもあるらしい。

「じいちゃん、囲碁もできるんだ？」

「うん。碁も将棋も、チェスだって得意だぞ」

「それって、多芸は……」

「こら」と、じいちゃんは笑いながら、げんこつをくれる真似をした。

家に帰って簡単に昼ご飯を済ませると、「悪いが、おやつまでは勝手にしててくれ」と、じいちゃんは書斎にこもった。バイヤー時代の経験を買われて、小さなインテリア雑誌にエッセイを頼まれているのだという。

思えば、じいちゃんと会う時はクラリネットと合わせることが多い。話をする時は大抵、じいちゃんの方から学校のことや、今の流行りモノのことを訊いてくる。今さらながら、俺はじいちゃんのことをほとんど知らなかったんだな、と思った。

少しずつ、じいちゃんの知らなかった面を知るにつれ、今まで以上の親近感が湧いてくる。一対一で、ゆっくり話ができるのも嬉しい。

来てよかった——と、改めて思った。

酒屋兼本屋の時田さんが貸してくれたバイオリンは、ケースに入れたまま居間の隅に立てかけてある。借りた時にちらっと見たけど、初心者用の安物で、あまり手入れもされていないようだった。調弦すればなんとか使えそうだけど、頭脳労働中のじいちゃんに遠慮して、俺は居間に寝転がってマンガの続きを読み始めた。

座ったり、横になったり、姿勢を変えながらだらだらと読みふけっていたら、さすがに背中がだるくなってくる。

壁時計を見ると三時に近い。

時間を知ると、なんとなく小腹が空いてきた。身体を起こして、じいちゃんを呼びに行こうか迷っていると、表からぱたぱたと小さな足音が近づいてきた。

「なつひこどのー」

高いが心地いい、よく通る声が呼んだ。

「ごめんくだされー。なつひこどのー」

夏彦《なつひこ》殿、か。

ますます時代劇風じゃん。

苦笑しながら玄関の引き戸を開くと、俺の腰くらいまでしかない小さな子供が立っていた。薄い水色の着物を着ていて、ちょんまげじゃないけれど頭の上でちょこんと髪を結んでいる。俺と目が合うと、子供は露骨に驚いて目を見張った。

「ええと、じいちゃんに用事？」

俺だってびっくりだ。

これってマジで時代劇？

「あ……」

俺を見上げて目を落とし、もじもじと、子供はもう一度俺を見上げた。

「夏彦殿は……」

「ヤスナ殿」

俺の後ろからじいちゃんの声がして、肩越しにじいちゃんを見つけた子供はほっとした顔になった。じいちゃんはじいちゃんで、興味深げに俺と子供を見比べている。

「いらっしゃい。冬弥、上がってもらって」

子供はぺこりとお辞儀をすると、上がって、丁寧に履いてきた草履をそろえた。

「ヤスナ殿、この子は私の孫で冬弥。急にこっちに遊びに来ることになってね。掃除やら何やらばたばたしていて、伝えるのをすっかり忘れていたけど、どうやら無用の心配だったみたいだな。冬弥、こちらは私の友人のヤスナ殿」

「夏彦殿のお孫さんであったか。道理で」

子供は俺に向き直ると、かしこまって座り、床に手をついた。

「ヤスナと申す。夏彦殿には常日頃世話になっておる」

「えっと、冬弥……です。どうぞよろしく?」

慌てて同じように座って礼を真似た俺の肩に、じいちゃんが笑いながら触れた。

「堅苦しい挨拶はなしだ。お茶を淹《い》れておやつにしよう。ヤスナ殿、今日は雛屋《ひよこ》の薄皮饅頭があるよ」

「おれも干菓子《ひがし》を持ってきた」と、ヤスナはにっこり、手にした巾着《きんちゃく》をかかげた。

こういうのを天使の笑顔っていうのかな?

そこだけぱっと明るくなるような、オーラのある笑みだった。

男の俺が言うのもなんだけど、こんな可愛い子供は見たことがない。顔かたちだけじゃなく、身体全体から、子供らしい、元気満々で健康的なエネルギーが溢れている。

東京に住んでたら、キッズアイドルとして、タレント事務所から即スカウトが来るんじゃないか?

なのに、もったいない。なんでこんな田舎町に……。

俺の考えを読んだのか、目が合ったじいちゃんが言った。

「ヤスナ殿はね、安那と書いて、あの小さい山の天辺《てっぺん》に住んでいるんだよ」

「ってことは——あれ? でも……」

じいちゃんの言葉の意味にうろたえた俺に、じいちゃんは目を細めて微笑んだ。

「うん。山の上の神さまだよ」

山の天辺には神社があって、安那はそこに奉《まつ》られている神さまだという。

「ま、そういうことにしといてもいいけどさ……」

年寄りのジョークには付き合ってられん。

軽く流して、俺はじいちゃんが用意した饅頭とお茶をお盆に載せた。

絶対ジョークだ。

俺はかつがれてる。

そう思いつつも、居間のちゃぶ台の前にちんまり座っている安那を見たら、「絶対」が「半信半疑」に変わっていく。饅頭を見て顔を輝かせるところは子供そのものだけど、その小さな身体がまとう空気が違う気がする。

この世のものとは思われぬ、ってやつだ。

——なんて、俺もノッてきた。

苦笑すると、安那は一瞬きょとんとして、でも俺に合わせるように笑みをこぼした。

巾着から小さな箱を取り出すと、両手で蓋を開ける。中には、ピンクと白が透けて見えるおひねりが入っていた。干菓子とか落雁《らくがん》とか、名前を知ってるだけでほとんど食べたことはない。高級だっていうのもあるけど、それ以前に、こういったお菓子を食べる年寄り（偏見か？）が普段俺の近くにはいない。

「白い方が旨いのじゃ」

そう言って安那は箱を差し出した。

子供ながらに、打ち解けようとしてくれているみたいだ。

おひねりに使われている紙は薄く、うっすらと生成り色で、ほんの少しだけきらきらしたものがすり込まれていた。

「じゃあ、その、遠慮なくいただきます」

安那の物言いや、じいちゃんの「神さま」ジョークに付き合うつもりで、精一杯丁寧に俺は言って、白いおひねりをつまむ。開くと、白い鳥をかたどった干菓子が出てきた。その繊細な形から想像したよりはしっかりしていて、でも壊れるのを恐れた俺は、指先でつまむと、手早く口に放り込んだ。

砂糖とは違う、ほんのりと甘いものがさらりと口の中で溶ける。

「ほんとだ。うまい」

思わず言った俺に、安那は嬉しそうにはにかんで、自分はピンクのおひねりを開いて口に運ぶ。

こっちは花だ。

それから安那は、両手で礼儀正しく湯呑みをかこみ、お茶をすすった。
五、六歳にしか見えない子供にバカにされたくなくて、俺も見よう見まねで、できるだけ上品に湯呑みを持ち上げる。安那に合わせて慣れない正座をしている俺の足は、既にしびれがきていた。お湯の入ったポットを持ってきたじいちゃんが、くすくす笑いながら言った。

「冬弥、いいから足を崩せ」

言葉の意味が判らなかったのか、安那は小首をかしげて、でもすぐにくすりとした。

「普段、正座なんてしないから」

まるで俺の方がガキみたいに言い訳しながら、足を崩してあぐらをかく。

「おれはこうせぬと背が足りぬのじゃ」

「いや、フォローしてくれなくていいから」

「ふぉろ……？」

「なんでもない。——饅頭食べる？」

「うむ」

恥ずかしさに、敬語を忘れて地に戻った俺は、饅頭を載せた皿を安那の前に差し出した。

「旨いのう。雛屋のあんこはまことに旨い」

可愛らしい声で、いちいち古くさい言い方をする。

けれど、饅頭を片手ににこにこしている姿は、無邪気な子供以外の何者でもない。

ぺろりと一つ食べ終えてしまうと、上目づかいにねだるように俺を見上げた。

「もう一つ、よいか？」

「あ、うん」

「二つまでだよ、安那殿。夕餉《ゆうげ》が食べられなくなったら私が楓殿《かえで》に叱られるからね」

じいちゃんが、にっこりしつつも釘を刺した。

「ユウゲ？」

「夕飯のことだ。楓殿は、安那殿の目付け役さ」

「何かと、小うるさいやつなのじゃ」

ぷうっとふくれて言う安那に、俺は自然とほころんだ。

おやつの後、じいちゃんは書斎から碁盤と石を持ってきて、縁側で安那と碁を打ち始めた。囲碁の判らない俺は、マンガを片手に時々ちらりと二人を見やる。盤を挟む二人は祖父と末の孫といったところか。しかし子供にしては優雅で対等な安那の物腰が、たとえ何者であれ、じいちゃんの友達には違いないと俺に思わせた。

小一時間もすると、「負けました」とじいちゃんが投了した。

安那が振り向く。

「冬弥殿もどうじゃ？」

「いや、俺、囲碁知らないし」

「知ってても勝てる相手じゃないけどな」と、じいちゃんが苦笑する。

「安那——殿はそんなに強いの？」

「強い、強い。私が十回に一回勝てるかどうか」

「そんなに?」

得意だぞ、と、自慢げだったじいちゃんがそこまで勝てないなんて。

「冬弥殿、五目並べはどうじゃ?」

「いいけど……その、冬弥殿っていうのはやめて欲しいんだけど」

「ほう?」

「その、恥ずかしいから、俺は呼び捨てでいいよ」

「……冬弥?」

「そうそう」

「……しかし、夏彦殿のお孫さんじゃからのう……」

本人は真剣なんだろうけど、小さい手を顎にやり一人前に悩む安那は、はたから見ると微笑ましい限りだ。じいちゃんも笑いをこらえながら、優しい目を安那に向けている。

「子供同士なんだしさ」と、俺は言ってみた。

こんな年下のガキと遊ぶことは滅多にないけど、さんづけも君づけも違和感がある。

「近所でも学校でも、友達は普通、呼び捨てだよ」

「友、とな?」

顔を上げ、嬉しげな目をして安那が訊いた。

「うん」

「おれと冬弥殿――冬弥は友になれるかの？」

「うん。だって、じいちゃんとはもう友達なんだよね？」

「うむ。そうじゃの……子供の……友……うむ」

少しつぶやいてから、納得したのか安那はにっこり笑って言った。

「それなら、おれのことは沙耶《さや》でよいぞ」

「さや？」

「おれの子供の時の名じゃ」

今でもコドモじゃん、と、俺はおかしかったけど、顔に出して沙耶の機嫌を損ねたりはしなかった。

「冬弥はの、夏彦殿よりよう見えるのじゃ」

黒石を俺に渡しながら、にこにこと安那――沙耶は続けた。

「よく見える？」

「末永く、仲良うしてたも」

俺の疑問には応えずに、沙耶がまたしても両手をついたので、俺もかしこまって同じようにお辞儀を返した。

よく見えるって、より若いとか、より元気とかいう方言なのかな？

後でじいちゃんに訊いてみようと思いながら、俺は石を手に取った。

五目並べは散々だった。

知識として知ってるだけで実際にやったことはなかったけれど、それでも互角かそれ以上に戦えると思っていただけに、連敗した俺はうなだれた。

「弱いのう。夏彦殿にみてもらうとよいぞ、冬弥」

沙耶の無邪気な台詞に、悔しさ倍増だ。

五時を告げる鐘が遠くから聞こえると、沙耶の迎えが来た。

噂の目付け役、楓殿は狐目のひょろりとした、でもきりっとした印象の男の人だった。沙耶と同じく、時代劇から抜け出てきたかのように、縞の着物を着こなしている。

「安那様がお邪魔いたしました」

「いえいえ」

じいちゃんに一礼して連翹の間を帰っていく楓殿に手を引かれながら、沙耶が振り向く。

「冬弥、明日もまた遊んでたも」

「あ、うん」

手を挙げて、俺も応える。

「安那殿は、冬弥が気に入ったみたいだな。さて、私たちも飯の用意をするか」

「うん。――あのさ、後で教えてよ」

「うん?」

「コレ」と、俺は碁盤を指した。「俺のプライドにかけて、明日は勝たないと」

翌日、沙耶は午後イチで顔を出し、その次の日にはお昼前に現れた。

風呂敷包みを持った、楓殿と一緒に。

「昼餉前にお邪魔するなど――躾《しつけ》が行き届きませんで、申し訳ありません」

「お気になさらずに。こちらが誘ったんですよ」

「ほれみろ、おれの言った通りであろう。夏彦殿がよいと言ったのじゃ。嘘はついておらぬ」

「嘘か真《まこと》かではなく、その遠慮のなさが問題なのです。こちらはよろしければ、皆様でどうぞ」

そう言って楓殿が差し出した風呂敷包みには、焼きおにぎりと漬物が包まれていた。

「これはこれは。楓殿も是非、ご一緒に」

一礼してそのまま帰ろうとする楓殿を、じいちゃんが誘ったが、楓殿は更に頭を下げ、「いいえ、所用がありますので、これにて」と、そっけなく踵《きびす》を返してしまった。

「愛想のないやつなのじゃ」と、沙耶はその日の昼飯だった蕎麦をずずっとすすった。

「おにぎり、うまいよ」

薄く表面に引いてある味噌が香ばしい。漬物もちょうどよく漬かっていて、おにぎりとすごく合う。

「うむ。小うるさいが、料理は上手いのじゃ」

「え、楓殿が作ってんの？」

「だから残すと怒るのじゃ」

「安那殿の身体を思えばこそ、さ」

じいちゃんがもっともらしく言うと、むぅーっと、沙耶は口を尖らせる。

「だが、おれはもっと菓子が食べたいのじゃ……」

五目並べのコツはなんとなくわかったが、「子供の遊びじゃ」と沙耶に言われて気がそがれたので、俺は沙耶から囲碁を習うことにした。

「こうして、囲めばよいのじゃ」

簡単に沙耶は言うけれど、そんなに単純なもんじゃない。盤上では敵わないから、俺が飽きてきたと見ると、すかさず沙耶は言う。

「冬弥、川へ行こうぞ」

「冬弥、そろそろ一服しようかの？」

「冬弥、本を読んでたも」

沙耶はほとんど字が読めないらしい。五、六歳だと思えば普通なのだろうが、囲碁を打つ時のやけに凛とした様子から、英才教育でも受けているのかと思っていたから意外だった。

「幼稚園とか、行ってないんだ？」

「行ったことはあるぞ。……子供がたくさんおったのう」

「それで？」

「それで、皆で歌を歌ったり、昼寝したりするのじゃ」

「勉強もしてただろ？」

「べんきょう？　――手習いのことじゃな？　そんな様子は見えなかったが」

つまり「見に行った」だけらしい。

「楓殿が、お目付け役兼家庭教師なんだよ」と、じいちゃんが涼しい顔で言う。

「あのさ、沙耶の家って本当に神社なの？」

「そうじゃ」

「神社に住んでるの？」

「そうじゃ」

田舎の、神社を守る旧家で、いろいろ古くさい伝統やしきたりの中で、一昔前のような暮らしをしているのかもしれない――

そう、一度は勝手に納得したものの、沙耶が本当に神さまではないかと、俺が真剣に考え始めたのは、じいちゃんと三人で町に行ってからだ。

車には滅多に乗らないらしく、ミニが走り出すとすぐに、沙耶は流れる景色に目を奪われるように窓に張りついた。

町に着くと、車を降りる前にじいちゃんが言った。

「安那殿と話す時は、充分に気をつけてな。他の人には安那殿が見えないから」

「え？」

「おれの言うことも聞こえぬのじゃ」

「ええ？」

「言ったろう？　安那殿は神さまで、そのお姿、お声は、限られた者にしか見えないし、聞こえないのさ」

じいちゃんは沙耶と顔を見合わせて、にっこりした。

「はあ？」

二人でつるんで俺をからかってる、と思ったのも束の間だった。

雑貨屋の店内をはしゃいで走り回る沙耶に、誰も目をくれない。

店のおじさんも注意しない。

もしや町ぐるみで、俺をドッキリにかけてるとか……？

俺が猜疑心《さいぎしん》を膨らませたところへ、以前集会所でじいちゃんに声をかけたおじさんが、ドアをくぐって入ってきた。ぱたぱたと袂《たもと》をひらめかせて店内を一周した沙耶が、ちょうど棚を回ってきて鉢合わせる。

「あぶな……っ」

つい片手が出た俺の前で、沙耶が派手におじさんにぶつかる——と思いきや、するっと沙耶の身体はおじさんを通過してしまった。

「ええ？」

驚きの声を上げげた俺を見て、おじさんが怪訝《けげん》な顔をした。

「どがいしたんぞ？」

「ええと……」

おじさんの後ろに隠れるようにして、沙耶は片手を口にやり、ふふっと笑う。

「いや、その……」

「なんでもないですよ、水野《みずの》さん。こいつ、ちょっと挙動不審なんです」

じいちゃんが後ろから俺の肩に触れて、身内とは思えないフォローをした。

「ナッさんのお孫さんじゃもんなぁ。今はちっと変でも、将来は大物になるやもしれんな」

「ははは。今はこんなでも、そのうち収まるところに収まりますよ」

今は変、とか、今はこんな、とか、言いたい放題だな。

黙った俺に、水野さんというおじさんはにかっと笑った。

「コーヒーでも買《こ》うちゃろう。旨いぞ、ここのコーヒーは」

「そりゃどうも」と、カウンターのおじさんがおどけた。

買ってもらったコーヒーを持って、俺はじいちゃんと水野さんの後をついて集会所まで歩いた。沙耶は俺の隣を歩きながら、興味津々で俺の持つペーパーカップを見上げていたが、俺はできるだけ下を見ないように、平静を装って歩く。

もしも――もしも、本当に他の人には沙耶が見えないのなら、俺が腰をかがめて沙耶にコーヒーを飲ませたりしたら、かなり危ないガキに見えるだろう。

「雑誌でも読んでてくれ」と、集会所でじいちゃんは水野さん相手に碁を打ち始めたけど、置いてあるのは釣りや農業関係の雑誌がメインで、俺が読んで面白そうなものはない。それ以前に、碁盤の横にさりげなく座った沙耶が気になるので、俺も沙耶の向かい、盤上が見える場所にあぐらをかいた。

「冬弥くんも打つんか？」

「いえその、今、習ってるところです」

「そりゃあええ。ナツさんは強いけん」

沙耶にはよく負けてるみたいだけど、と、俺は向かいの沙耶を見やった。沙耶も俺を見返して、にんまりとする。

ぱち、ぱち、と、盤上を埋めていく石を、コーヒーをすすりながら眺めていると、「ニャア」と鳴き声がして、膝に猫が擦り寄ってきた。

三毛猫で、毛色に映える赤い首輪をしている。

俺は猫を抱き上げて、開け放してあった縁側の陽だまりに移動した。同じように立ち上がってついてきた沙耶を、猫が俺の腕越しに見つめる。

そうか。

猫には沙耶が見えるんだな。

縁側に座って撫でてやると、猫はごろごろと喉を鳴らした。沙耶も横から手を出して、猫に触れる。

「可愛いのう」

庭を挟んだ向こうの道を、二、三歳の小さな女の子が通りかかった。母親らしき女の人に手を引かれている。俺の膝の猫を指差して、女の子は微笑んだ。

「ねこ、ねこ」

「うん、そうね」

「おにいちゃん」

「うん、そうね」

女の人は気づかなかった。

「おにいちゃん」と呼ばれた時、俺は形ばかり手を挙げたけど、手を振り返した女の子が見つめていたのは、彼女と同じように小さく白い手をひらひらさせた沙耶だった。

神さまなのかもしれない。と、俺は思った。

神さまじゃなくても、妖精とか、精霊とか、人ではないもの。

それでいて、もうずっと俺たち——人間——と、時空間を共有してきたもの……

「冬弥」

目を開くと、影が差してじいちゃんが上から覗き込んでいた。

いつの間にか俺は縁側で寝こけてたらしい。

左手に猫、右手に沙耶を抱きかかえて。

俺が起き上がると、沙耶もむにゃむにゃと半開きの目をこすった。猫も起き出して俺の腕から抜け出し、碁盤を片づけている水野さんに歩み寄っていく。

俺は水野さんに見えないように、そっと沙耶の、跳ねた髪を撫でつけた。

柔らかい髪の感触が指先から伝わる。

こんなにリアルなのに。

「さあ、雛屋に寄って帰ろう」

じいちゃんの台詞に、沙耶は跳ね起きた。

「おれはな、おれは薄皮饅頭がよい。いや、今日は大福にしようかいのう？　いや、やっぱり饅頭じゃ。……水羊羹《みずようかん》はまだ出ておるまいのう？」

ころころとじいちゃんの足元にまとわりつく沙耶がおかしくて、俺は笑いながら立ち上がった。じいちゃんもにっこり笑い返す。

「なんでもいいよ。なんでも、好きなものを買ってあげよう」

「ナツさんも甘いねぇ。じゃが今時の子は、饅頭よりもスナック菓子じゃろう？」

水野さんが茶化すのを聞いて、沙耶がうろたえる。

「おれは饅頭がよい。雛屋の菓子がよいのじゃ」

「俺も、饅頭でいいよ」

俺がそう言うと、沙耶の顔に安堵の色が広がった。

水野さんに一礼して、俺たちは歩き出す。

雛屋へ先導するように駆け出す沙耶の足音は軽やかで、でもこんなにもはっきりと俺には聞こえるのに、通りを行く他の人たちには届かない。


雛屋で真剣に吟味した結果、沙耶は薄皮饅頭と黄身しぐれを一つずつ、じいちゃんに買ってもらった。

沙耶が迷いに迷っている間、俺とじいちゃんは立ち去る訳にもいかず、沙耶と同じように迷っているふりをしなければならなかった。

そんな俺たちに「ごゆっくり」と微笑んだのは、俺より背が高いショートヘアの女の人で、姿勢正しく大人っぽいところが、ケーキ屋ではなく和菓子屋に似合っていた。帰り道にじいちゃんが教えてくれたところによると、お店の長女で名前は「志《し》帆《ほ》」、今度高二になるらしいから、俺より二つ年上だ。

「絶対呆れてたって」

「ああ、志帆ちゃんか。そうだなぁ。決断力のないやつらだと思われただろうな」

「しかも甘党の」

ちろっと沙耶を見やると、もったいぶってちみちみと黄身しぐれを食べていた沙耶は口を尖らせた。

「二つしか選べぬのじゃ。迷うのは当然じゃ」

「もっと食べさせてあげたいけど、楓殿と約束してるからなぁ」

「むぅ……」

不満げな沙耶の口元についた黄身しぐれのくずを、俺は手を伸ばして拭《ぬぐ》ってやる。

沙耶は意地汚く、俺の指についたくずを、さっとつまんで口に入れた。

「……触《さわ》れるなぁ」

水野さんをすり抜けてしまった沙耶を見て、「町ぐるみでドッキリ」の可能性を捨てた俺だったが、こんな子供が「神さま」というのはすぐには信じがたい。

「あのさ」

「うむ」

「沙耶ってさ、どういう神さまなの？」

神さまなら普通、饅頭くらい、いくらでも思い通りになるんじゃないの？

沙耶はもぐもぐと最後のひとかけを飲み下し、それからにっこり笑って胸を張った。

「おれは鈴守《すずもり》じゃ」

厄除《やくよ》け、招福、縁結び……そんな俗っぽい想像をしていただけに、一瞬、沙耶の言葉の意味がまったく判らなかった。

「すずもり？」

「さよう」

そう言って沙耶は、どことなく誇らしげに、着物の袂《たもと》から、小さな手にちょうど収まるくらいの大きさの、金色の鈴を取り出した。神社の大きな鈴についているのと同じような編み紐――「鈴緒《すずお》」というのだと、後でじいちゃんが教えてくれた――がついていて、表面には凝った花と鳥の模様が彫りこまれている。

純金だ、と、一目見て俺は思った。

俺は鑑定士でもなんでもないけれど、そんな俺にも判るくらい、その鈴ははっきりと美しく、「正しさ」を主張していた。

「それで……これを鳴らすとその、パワーが出るワケ？」

「ぱわぁ？」

「その、病気や怪我を治したり、宝くじを当てたり、そういう、人の願いごとを叶えてあげる力というか」

沙耶は鈴を眺めてちょっと考え込み、言った。

「これはただの鈴じゃからのう。病気や怪我を治すのは、医者の仕事であろう？」

「……そうなんだけど」

「宝くじというのは、富くじのことじゃな？　あれはよほどの強運の者か、いかさまをする者にしか当たらぬと、楓が言っておったが」

「……だろうな」

隣でじいちゃんが、くつくつと笑いを漏らした。

「この鈴は、生まれた時に、おれが父上から賜ったものじゃ。大切なものゆえに、こうしていつも身に着けておる」

触ってもよいぞ――と、太っ腹にも沙耶が言うので、俺は鈴緒ごとそれを手にした。ずっしりと重くも、羽のように軽くもなく、ほどよい重量が手にしっくりくる。表面の細工は精巧で、ただひたすら美しかった。

「綺麗であろう？」

「うん。すごく綺麗だ」

手のひらで転がしてみたけど、音は鳴らない。鈴緒をつかみ、軽く振ってみたが同じだった。

「中、空っぽなんじゃない？」

鈴を指で挟み、振ってみる俺を見て、沙耶はふふ、と笑った。

「おれの鈴じゃからの。おれにしか鳴らせぬのじゃ」

そう言って沙耶は、俺の手から鈴を取った。

鈴緒を半分くらい手繰《たぐ》り、俺の方に手を伸ばして、沙耶はそっと指を揺らした。

しゃらん、と、小さいけど響く音がして、俺の身体は反射的にびくんと震えた。

鈴の音の――目に見えない振動が、すうっと身体に染み込んで、視界と思考が一度にクリアになった気がした。

「どうじゃ？　良い音であろう？」

しゃらららん。

さっきより心もち大きな音を鳴らして沙耶が訊いたけど、俺はすぐには応えることができなかった。

「良い音」で片付けられる音じゃなかった。

こんな「音」は聴いたことがない。

絶対的に正しい音。

絶対的に美しい音。

そういう音が、俺の聴覚を、脳みそを、心を、ダイレクトに響かせていた。

俺は知らず知らずのうちに、そうっと胸を押さえていた。

「——うん。すごく、いい音」

そんなことしか言えなかった。それでも沙耶は「そうであろう」と、嬉しそうににっこりして、丁寧に鈴をまた袂に仕舞った。

「冬弥？」

固まったままの俺を覗き込むように、沙耶が呼ぶ。

「ちょっと——ごめん」

俺は慌てて立ち上がり、電話の横のメモ帳とペンを引ったくるように取って、大急ぎでたった今「降りてきた」ものを書き込んだ。

それはまさに「降りてきた」としか言い表せない。

「異国の文字じゃな？」

沙耶が興味深げに、俺の手元を覗き込む。

「音符っていうんだ」

「これはなんと読むのじゃ？」

「ラ」

「ではこれもそうじゃな？」

「いや、それはファ」

「……おれには、同じに見えるがのう……」

首をかしげる沙耶を見て、じいちゃんが笑った。

「冬弥はね、楽士《がくし》なんだよ」

「ほほう。何が得手《えて》なのじゃ？　笛か？　太鼓か？　それともあれかの？　夏彦殿と同じく、くらりねっとというやつかいの？」

「ピアノとバイオリンだ」

「ぴあ……？」

沙耶の顔にはてなマークが浮かんだ。

「ええと、ピアノっていうのは——あ、ピアノはないけど、バイオリンなら」

実物を見せた方が早い。俺は、居間の隅に立てかけたままだったバイオリンのケースを持ってきて、取り出した。

「琵琶に似ておるのう」

「そうかも。でもこうやって弾くんだ」

ちょっとだけ弾いたバイオリンからは、随分調子の狂った音が出て、沙耶の眉が八の字になった。慌てて調弦して『きらきら星』を弾くと、ぱあっと沙耶の顔に笑みが広がる。

「よいのう」

そう言って輝いた沙耶の瞳こそ、『きらきら星』のようだった。

調子に乗った俺は、続けて『ダンズ・ディンガ』を弾き始めた。父さんが教えてくれた、アップテンポで速弾きが見せどころのケルティックだ。四分弱の曲を勢いで弾ききってバイオリンを下ろすと、ぽかんと口を開けていた沙耶が立ち上がった。

「すごいのう！　冬弥！　すごいのう！」

じいちゃんもぱちぱちと拍手してくれた。

「うん、上出来だ。陸生《りくお》くん顔負けじゃないか」

じいちゃんを真似て小さな手を打ち鳴らしながら、沙耶は顔をくしゃくしゃにして俺を見上げている。

――神さま……なんだよなぁ？

改めて思って、俺はつい笑みをこぼした。

「京より遣《つか》いの者が参ります」と、おやつの後、いつもより早く迎えに来た楓殿に手を引かれて、沙耶は連翹の向こうに消えていった。

「楓殿も、神さまなのかな？」

菜園に夕飯用の野菜を採りに向かうじいちゃんの後について、俺はさりげなく訊いてみた。

「そうとも言えるかな。楓殿はシンコさ」

「シンコ？」

「神の狐と書く」

「ああ、だから狐顔」

「そうそう」

口元にユーモアをたたえて、じいちゃんは応えた。

本気なのか、冗談なのか。

「……どうして、見える人とそうでない人がいるのかな？」

「その点に関しては、私もいろいろ考えてみたんだが、波長なんじゃないかな」

「波長？」

「ラジオのように、波長が合うとよく聞こえるし、合わないと雑音になったりまったく聞こえなかったりするんじゃないかってね。血筋も多少はあるかもな。ウチはひいじいさんの時代に東京に越してからこっちにはあまり来なくなったが、こうして土地も家も手放さずに残っているし、前にも『見える』人間はいたようだよ」

沙耶の住む小山を含む、この辺り一帯の土地がじいちゃんのものだと知って、俺は驚いた。

「もしかして、じいちゃんって実はすごい金持ち？」

「だったらよかったなぁ」と、じいちゃんはにやにやした。

「じいちゃんのひいじいちゃんってことは……いつの話？　東京へ引越してからもこっちを売らなかったってことは、その人も『見える』人だったのかな？」

「安那殿の話では違ったようだ。……でも、祖母や弟は少し『見えた』らしいよ」

今の家は、明治に東京に出たじいちゃんのひいじいちゃんが晩年に建て直したもので、その後じいちゃんのばあちゃんや弟が手を加えたものを、更にリフォームしたということだった。

「弟とはそういう話しなかったの？」

「しなかったなぁ……」

のんびりと、でも残念そうにじいちゃんは言った。じいちゃんの弟は、俺が生まれる少し前に亡くなっている。

俺は気を取り直して言った。

「じゃあウチはもともとその手の家系で、俺とじいちゃんは特によく『見える』、と」

「うん。だが、ウチの家系だけが特別ではなくて、他にも時々『見える』人はいるみたいだ」

じいちゃんが言うのを聞きながら、俺ははっとした。

すっかり忘れていたけれど、沙耶も同じことを言っていたじゃないか。

「そう言えば、初めて沙耶に会った時、俺のことが『よく見える』って言ってたけど、あれってもしかして、こういう意味だったの？」

「そうだなぁ……聞くところによると、彼らの世界と私たちの世界は、重なってはいるけれど、どうやらまったく違う世界らしくてね」

「パラレルワールド？」

「そんな感じだ。重なっていても、周波数みたいなものが違うから、私たちには普段、彼らの世界が見えない。運良く、周波数が合った人と時と場所でだけ、彼らや、彼らの世界が垣間見える……というのは私たち側から見た話で、安那殿たちはもう少し簡単にこちらとあちらを行き来できるようなんだ」

聞く人によっては冗談としか思えない話だけれど、世間話をするような口調でじいちゃんは続けた。

「ただ、交流できる人間は限られているらしい。……限られてはいるけれど、安那殿曰く、彼らには私たちのように彼らが『見える』人間が判るんだそうだ。交流しやすい人間ほどはっきり見えるんだと言っていた。オーラみたいな何かが出ているのかもしれないね。とにかく冬弥を、交流しやすい人間だと安那殿は見てとったんだな」

「ふうん……」

どういう基準なのかよく判らないけれど、神さまと交流できるのだから長所だと受け止めておくことにしよう。

「こちらと違って、彼らの世界はあまり昔から変わっていないようだよ」

「あー、だから時代劇風」

「そうそう」と、じいちゃんは微笑んだ。

話しながらも手は休めない。収穫した野菜を次々とかごに入れ、目についた雑草を引き抜いていく。

「この通り、この辺りは自然がまだ残ってる。まるで昔話の世界だろう？ いかにも八百万《やおよろず》の神さまや、狐狸妖怪《こりようかい》が活躍していそうじゃないか。そのおかげか東京や他の大きな街よりは、彼らも行き来しやすいみたいだ」

「八百万の神さまねぇ……」

俺がつぶやくと、じいちゃんは身体を起こして腰を伸ばした。

「信じられない、か？」

「だって……じいちゃんは沙耶のこと、驚いたりしなかったの？」

「そりゃあ、初めは驚いたさ。でもその方が面白いだろう？」

「神さまとか妖精とか、妖怪とか幽霊とか……そうだな、宇宙人とかネッシーだって、いた方が世の中、ずっと面白いじゃないか」

「面白い？」

ふふふ、と笑うじいちゃんは、宝物を見つけた子供のようで、沙耶と気が合うのがよく判る。妖怪や幽霊は勘弁して欲しいけど、確かに、そういう「人ではないもの」がいた方が、世の中退屈しないかもしれない。「異世界」というとおどろおどろしい感じがするけれど、じいちゃんや沙耶のやり取りには、文化交流会のようなほのぼのとしたノリがある。

じいちゃんは、やっぱりすげーや。

俺は改めて感心した。

「それにしたって、鈴守だってよ？　そんな神さま、聞いたことないよ」

「まあ、神さまなんてのは、私たち人間が勝手に呼んでるだけみたいだがな……それでも、八百万もいるといわれているんだぞ。便所や雨戸の神さまだっているんだから、鈴の神さまがいたっておかしくないだろう？」

そう言ってじいちゃんは、暮れかけた空を見やった。その姿は、菜園やその向こうの古びた家、更に後ろに見える野山を含む風景にしっくりはまってて——俺は何故か、自分だけ仲間はずれになったみたいな気分になった。

東京を訪ねて来るじいちゃんは、昔と変わらず垢抜けている。友達のおじいさんと比べて、物分かりがよくて現代的なじいちゃんは俺のささやかな自慢で、正直、田舎暮らししてるじいちゃんなんて想像しにくかったけれど、こっちはこっちで、ちゃんと馴染んでるみたいだ。

「あのさ……じいちゃん、なんで、こっちに引越して来たの？」

俺はおずおずと訊ねてみた。

年も取ったし、都会より田舎がよくなったのよ、なんて母さんは言ってたけど、ちょっと違うような気がする。

「うん？」

俺を見やると、じいちゃんは何故だか照れた笑みを浮かべた。

「水絵がなあ……」

「ばあちゃん？」

「結婚した時に、連れて来たんだよ」

「え？　それってつまり、新婚旅行？」

「そんな洒落たもんじゃなかったけどな」と、じいちゃんは苦笑した。

ばあちゃんは旧家のお嬢様で、じいちゃんはしがない会社員。ばあちゃんの家からは随分反対されて、二人は駆け落ち同然に結婚したらしい。当時薄給だったじいちゃんにとって、唯一資産と言えるのが父親から受け継いだこの土地だった。

「山を持ってるったって、こんな田舎だからな。水絵の家からしたら大したもんじゃないが……若かったんだよ。俺にも何かあるってところを見せたかったのかな」

連れて来たら、思いの外ばあちゃんが喜んでくれて、すごく嬉しかったと、じいちゃんは言った。そのうち母さんや叔父さんが生まれ、ばあちゃんの実家も軟化して、休みには京都へ行くようになったから、結局、ばあちゃんと再びここを訪れることはなかったという。

「今はなんでもないが、当時は金も無いし、家族四人で東京からここまで来るのは大変なことだったのさ」

――でもいつか、また行きましょうね――

そう、ばあちゃんは言っていたという。

「最期の方、病院のベッドでも、思い出したように言ってた」

それこそ、思い出すように言うじいちゃんは、笑っていてもどこか寂しそうだった。

ばあちゃんが亡くなったのは母さんが高校生の時。ハル叔父さんはまだ小学生で、じいちゃんは海外を飛び回っていた。

「それで退職を決めた時、しばらくこっちに住むのもいいかと思ったんだが――住んでみたらなかなか居心地が良くてな。一、二年のつもりが、もう五年だよ」

ばあちゃんのことをしゃべった照れ隠しなのか、少しわざとらしく、じいちゃんは頭をかく。そんなじいちゃんをフォローするつもりで、俺は笑った。

「――沙耶もいるしね」

「そうそう」

母さんにも言ってなかったようなことを教えてもらって、俺はなんだか嬉しかった。

「明日もまた、饅頭を買いに行く？」

「いや明日はきっと安那殿の方から、何かお菓子を持ってきてくれるよ」

「あの干菓子とか？」

「かもしれない。いろいろ京から取り寄せているらしいから」

「京って、京都？」

「そうだけど、私たちの知っている京都とは、きっとまったく違う街なのさ」

沙耶たちの世界って、一体どんな世界なんだろう？

明日は俺の方から、沙耶にいろいろ訊いてみよう。

そんなことを思いながら俺は、オレンジ色の空に浮かぶ山の上を見やった。


次の日は朝から雨で、肌寒かった。

そのせいか午後のおやつの時間を過ぎても、沙耶は姿を現さなかった。

翌日も、雨はしとしとと静かに降り続け、「こりゃ、沙耶は今日も来ないな」と噂しているところへ、雰囲気満点の番傘をさして、楓殿が現れた。

沙耶は寝ついているのだと言う。

「え、病気？」

神さまが病気になるというのは変な気がしたけど、沙耶がまだまだ小さく、見るからに「純粋培養」なことを思うと、俺は心配になった。

そんな俺を見て、楓殿は小さく手を振った。

「ご心配は無用です。ただの風邪でございますから」

「あ、そう？」

「――一昨夜、私が井戸に吊るしておいた羊羹をこっそり食べようとして、井戸に落ちたのでございます」

「はっはっは」

ぽかんとした俺の隣で、じいちゃんが遠慮なく笑った。俺もすぐにつられて笑う。

「本当に、困ったものでございます」と、楓殿は大仰にため息をついた。

それでも、やはり神さまのご威光か、はたまた「手のかかる子ほど可愛い」からなのか、楓殿が沙耶を大切にしていることには変わりない。「力づけに、安那様を見舞ってもらえないでしょうか」と、雨の中わざわざ訪ねて来たのだった。

「この雨は年寄りにはちょっとしんどいな。冬弥、行っておいで」

にっこり笑って、じいちゃんは俺を送り出した。

「大丈夫。とって食われはしないから」

「はあ？」

「夏彦様、そのようなご心配は」と、慌てる楓殿に、

「判ってます。冗談ですよ」と、じいちゃんは笑いながら手を挙げた。

「あの、冬弥様」と、楓殿は俺に向き直ってあらたまった。

「はい」

「よろしければ、ばいおりんとやらをお持ち願えませぬでしょうか？」

「え……あ、いいですよ」

応えてから俺は、ちょうど居間に置きっぱなしだったバイオリンをケースごとバックパックに差し込んだ。

「……安那様と、ご幼名《ようみょう》を呼び合う友人におなりいただけたとお聞きしました」

歩きながら楓殿が言った。

沙耶が「子供の時の名じゃ」と言ってたことを思い出して、俺は頷いた。

「安那様は大変なお喜びようでした。……私どもの世界では、幼名を呼び合うのは家族や幼馴染みなど、ごく親しい者に限られております」

「えっ？」

「安那様は幼き時分に京のお屋敷を離れ、こちらに移られました。そのため、京にあってもご幼名を呼び合うようなご友人はあまりいらっしゃらないのです」

「あの、俺はその、そんな……」

呼び捨てにし合うのが、そんなに重大なことだとは知らなかった。

焦った俺を落ち着かせるように、楓殿は微笑んだ。

「その辺りは、安那様もご承知でいらっしゃいますよ。ただ、冬弥様のそういった、親しみ溢れるお申し出が嬉しかったのでございましょう……しばしの間とは存じますが、安那様のことをどうぞよろしくお願い申し上げます」

深々とお辞儀をする楓殿に、俺も慌てて頭を下げた。

思ったよりも急な勾配と、二百段ほどの石段を登ってたどり着いた神社は、随分こぢんまりとしていた。木でできた鳥居の向こうには、二メートル四方ほどのシンプルな社《やしろ》があるだけだ。

こんな狭いところに二人——いや、沙耶も入れて三人——入るのかと思うと、俺は少し不安になる。

が、そんな心配は無用だった。

「こちらです」と楓殿にうながされてくぐった鳥居の向こうは、まさに別世界だった。さっきまで見えていた小さい社はどこへやら。鳥居をくぐった途端、厳《おごそ》かなお屋敷が目の前に現れたのだ。俺は思わず鳥居を振り返った。

そんな俺には構わずに、「どうぞ」と、楓殿は玄関へと導いた。

旅館のように広い玄関で靴を脱ぎ、次の間を抜けると広い廊下で、左右に並ぶ襖戸《ふすまど》が奥まで続いている。襖絵は派手ではないけれど、一枚一枚に美しい季節の絵が描かれていて、ガキの俺にも一目で一流品だと判る。

「こちらへ」

すたすたと歩いていく楓殿の後ろを、落ち着きなく俺は追った。

奥の、そこだけ絵の描かれていない、純白に金の縁取りがしてある襖の前に来ると、楓殿は膝をついて声をかける。

「安那様。冬弥様をお連れしました」

「入れ」

いつもより心もちかぼそい声が応えた。

「はい」

中に入ると、黄色や赤の糸で鞠の刺繍が施された掛け布団の下から、沙耶が俺を見てはにかんだ。熱のせいか頬が少し赤い。起き上がろうとするのを楓殿が手伝い、布団と同じデザインの半纏《はんてん》を背中にかけてやる。

「楓、茶じゃ。茶を持て」

「はい」

「菓子もじゃ」

「はいはい」

えらそうな沙耶の物言いを軽く受け流して、楓殿は襖の向こうに消えて行った。

「冬弥、よく来たのう」

沙耶は嬉しそうに目を細めた。

「うん。沙耶、思ったより元気そうでよかった」

「うむ。雨で急に冷え込んだからのう」

じじくさい言い訳をする沙耶がおかしい。

「あれ？　井戸に落ちたって聞いたけど」

「それは……夜中に、ちと喉が渇いてのう」

「水なら、楓殿に持ってきてもらえばよかったのに」

「ね、寝ておるところをすまぬと思ったのじゃ」

「そんで、ついでにお菓子に手を出したの？」

「そ、それは——夏彦殿と冬弥に土産にしようと思ったのじゃ」

「言ってくだされば、翌日、出がけにお持たせいたしましたものを」

どんな魔法を使ったのか、お茶と小鉢を載せたお盆を持った楓殿がもう戻って来た。

「ほ、他の者が食べてしまわぬうちに、隠しておこうと思ったのじゃ」

「うちには、そのような手癖の悪い者はおりませぬ」

楓殿がぴしゃりと言うと、沙耶は「むぅ」と口を尖らせた。が、それも一瞬で、小鉢に入った水羊羹を見た途端、沙耶の顔がぱあっと輝く。一喜一憂、本当に忙しい。

「冬弥様もどうぞ」

差し出された小鉢を受け取り、木のスプーンで中のものをすくって口に運んだ。

ふるるっとした食感に、上品な餡《あん》の味が舌をすべる。

「これじゃ。これが食べたかったのじゃ」

「お風邪を召した喉には、ちょうどよい一品でございますね」

「いちいち嫌みなやつじゃのう」

文句を言いながらも、沙耶は嬉しげにスプーンを口に運んだ。

「ごゆっくり」と、楓殿が去って一服し終わると、「ばいおりんを弾いてたも」と、沙耶はねだった。

俺はバックパックからはみ出たケースからバイオリンを取り出すと、立ち上がって片手を胸に、うやうやしくお辞儀をする。一曲目に『ドロウジー・マギー』、二曲目に『ダーク・アイランド』と、スローテンポだが、先日好評だったケルティックを選んで弾いた。

「見事じゃ！」

「こらこら」

小さな手を打ち鳴らしながら布団から立ち上がろうとする沙耶を、俺はやんわりと押しとどめて、肩からすべり落ちた半纏をかけなおしてやった。

「冬弥はまことに才のある楽士じゃのう」

にこにこして言う沙耶の、飾らないコメントが照れくさい。

「……そんなんじゃないよ」

「だが、これが冬弥のお役目なのであろう？」

「お役目？」

「おれが鈴守の役目に就いているように、冬弥は楽士を役目としているのではないのか？」

「ああ……つまり、仕事ってこと？」

「そうじゃ」

「いや、それは違うよ。俺は、今はただの中学生だよ」

「ちゅうがくせいとな？」

「あ……ええと、書生、かな？　つまり勉強……手習いがお役目なんだよ」

「手習いとはまた……」

口に手をやって、沙耶は眉をひそめた。

「嫌なお役目じゃのう……」

「そんなにあらたまって言わなくていいから」と、俺は苦笑した。

話を聞くと、お目付け役兼家庭教師の楓殿のもと、毎日「一刻《いっこく》ほど」沙耶も「手習い」をしているようだ。が、沙耶の口調から察するに——また、俺を含む多くの子供がそうであるように——沙耶も勉強が嫌いらしい。

「おれは楽士の方がよいがのぅ」

「俺だって楽士がいいよ。でも、そうはいかないのが人間の世界なんだよ。沙耶みたいに、小さいうちからお役目が決まってる人間は少ないんだ。ちゃんと手習いをしないといいお役目に就けないから、みんな嫌でも手習いに行くんだよ」

「ふうむ」と、相槌を打ちながらも、沙耶は腑に落ちないといった顔をした。

俺は逆に訊いてみた。

「沙耶はさ、どうして鈴守になったの？」

「鈴守は、おれが生まれた時に、父上より賜ったお役目じゃ」

……ってことは選択の余地ナシで？

「ちなみに、生まれた時っていつ？」

「いつじゃったかいのう？　千と百――二百は過ぎておるまいのう」

聞いてて眩暈《めまい》がするような数字だ。

それよりも、千百年かけて今に至るということは……

「もしかして沙耶って、不老不死？」

「どうかのう？」と、沙耶は頼りなく応える。「おれとて、生まれた時は赤ん坊じゃったから、そのうち大きくなるじゃろうし、いぬる時も来るじゃろう。――冬弥はいくつになるのじゃ？」

「……十四」

「まだまだ子供じゃのう」と、沙耶は微笑んだ。

「どうせ」

沙耶に比べたら、まったくのひよっこだよ。

思いがけない話に、俺はちょっと意地悪な気持ちになった。

「あのさ、沙耶はさ、鈴守以外になりたいものはないの?」

生まれた時から役目が決められているなんて、つまらないんじゃないか?

長く生きていればいるだけ、他の役目を試してみたくなったりするんじゃないの?

沙耶は鈴の入った袂に触れて、少しだけ考え込み、それから微笑んで言った。

「おれは鈴守がよいのう……」

本当に、心の底からそう思っている様子だった。そんな沙耶を見て、俺は今度は急に恥ずかしくなった。

俺……同意してもらいたかったのかな。

迷ってもいいんだ、迷って当然なんだ、って。

「沙耶は、お父さんがくれたお役目が気に入ってるんだね。それって、すごくラッキーなことだよ」

「らっき?」

「幸運ってこと」

「うむ。おれはまことに果報者じゃ」

頷いて、沙耶は更ににっこりした。

――なんせまだ、中学生じゃないか――

そう言ったじいちゃんの言葉を思い出した。

俺はまだ中学生で、友達の中でも進路とか将来とか真剣に考えているやつは少ない。みんなこれからきっと、いろんな可能性を探りながら大人になっていくんだ……

俺も果報者だ、と思った。

生まれた時から身近に音楽があった。早いうちから、バイオリンやピアノに触れる機会を得た。これからどうするかはまだ判らないけれど、「やめたい」と言ったのは勢いで……どんな形であっても、ずっと関わっていけるといいなと思うほど、音楽を好きになることができた。

「冬弥？」

黙ってしまった俺を、沙耶が覗き込むように見上げる。

半纏を着て、風邪で赤いほっぺをした沙耶は、子供そのものだ。目が合うと、思わず笑ってしまう。

これでも神さまなんだよなぁ……

そう思ってふと、楓殿の言葉を思い出した。

楓殿が「しばし」と言ったのは「春休みの間」という意味じゃなかったんだ……

俺の命は、沙耶のそれよりずっとずっと短い。俺が死ぬ時が来ても、沙耶はきっと今とほとんど変わらないままなんだろう。

でも、この先、六十年か七十年か。沙耶にとっては短い間だろうが、せっかく「見える」のだから、神さまと友達でいるのも悪くない。

なんだか楽しくなってきて、くすくす笑う俺を、沙耶はきょとんとして見つめた。

「……早く元気になって、またじいちゃんちに遊びにおいでよ。そうだ。今度は何か違うお菓子をご馳走するよ」

「すなっく菓子とやらか？」

「うん。ポテチとか。あと、アイスとかどうかな？」

「ぽてち……あいす……」

現物は想像もつかないだろうけど、沙耶は期待に満ちた目で俺を見た。

「楽しみじゃのう……」

微笑みかけて――思い出したように、顔を曇らせる。

「冬弥は、とうきょうから来たのじゃったな？」

「うん」

「ということは、また、とうきょうに帰るのじゃな？」

「うん……春休みが終わったら」

「寂しくなるのう……」

しょぼんと肩を落とす沙耶を見て、俺は慌てて、できるだけ明るく言った。

「でもさ、じいちゃんがいるし。それに俺、夏休みにまた戻って来るよ。夏休みは長いから、もっとたくさん遊べるぜ」

「まことか？」

「まことじゃ」

「ほおお。それはよいのう。ならば約束じゃぞ、冬弥」

あっという間に機嫌を直して、沙耶は嬉しそうに言った。

「うむ。約束じゃ」

俺が沙耶の口調を真似ると、沙耶は目を細めて笑った。

勢いで言ってしまったことだったけれど、戻って来たいと、俺自身が思い始めていた。ピアノから離れられるなら田舎でもいいや、なんて、いい加減な気持ちで来たけれど、夏にはちゃんと、じいちゃんや沙耶に「会いに」来るんだ。

「そうじゃ、いつか、ぴあのとやらも聴かせてたも」

沙耶にねだられて、指にピアノの感触がよみがえった。ほんの十日ほどなのに、随分長くピアノから遠ざかっていたような気がする。

「うん。今はちょっと無理だけど、いつかきっと。俺、バイオリンより、ピアノの方がずっと得意なんだよ」

「それは、楽しみじゃのう……」

その後、『G線上のアリア』と『アヴェ・マリア』を弾き聴かせて、少しとろんとしてきた沙耶を寝かしつけてから、俺は雨上がりの夕暮れの中、じいちゃんの待つ「下界」へと戻った。

風邪が治った翌日、早速遊びに来た沙耶は蕁麻《じんま》疹《しん》になった。

原因は俺が食べさせたポテトチップス。

運悪くじいちゃんが外出している時で、全身に蕁麻疹が出た沙耶を抱えて、俺は息を切らせて屋敷への石段を駆け上がった。出てきた楓殿は血相を変え、屋敷は上を下への大騒ぎになった。

あまり深く考えずに、「約束だから」と、化学調味料てんこ盛りのポテチを食べさせてしまった俺は猛烈に反省したが、「ま、大事にはならんだろう。これも経験さ」と、じいちゃんは実に鷹揚に言ったのみだ。

幸い蕁麻疹は一晩で引いたのだが、明くる日、今度はアイスクリームでおなかを壊した。

「純粋培養だからなぁ……」

「アイスは無添加だったんだけどな……」

苦笑しながらも、じいちゃんと俺は、雑貨屋で少し値の張る、無添加のベジタブルチップスを沙耶のために買った。もちろん、雛屋で饅頭を仕入れるのも忘れない。

「無遠慮に、賤《いや》しく食べ過ぎるからです」

蕁麻疹にも腹痛にも慌てふためいた楓殿は、そう言って沙耶を叱り、「申し訳ありませんが」と、沙耶に添加物の多いものや、量を与えることを、俺たちに禁じた。

過保護な楓殿は、普段のクールな印象とはあべこべで微笑ましい。

俺はくすくす笑いながら、小皿に出したベジタブルチップスをぽりぽり齧《かじ》る沙耶を見やった。

「なんじゃ？」

「別に。あんまり食べ過ぎんなよ」

「これはじんましんにならぬやつだから、大丈夫じゃ」

「だといいけどな」

「先日はびっくりしたのう」

「うん」

「楓もびっくりしてたのう」

「そりゃそうだ」

ふふっと、沙耶が思い出し笑いをして、俺もつられて笑った。

――今でこそ、笑い話だ。

カップアイスを丸々一つ食べて腹を壊した時は、迎えに来た楓殿にしがみついてしくしく泣いていたくせに、ポテチのようには懲りていない。

「冬弥、もう一匙《さじ》食べさせてたも」

お椀に分けてやったアイスをぺろりと食べて、沙耶はねだる。

「駄目。半分だけって約束だろ」

「おれはそんな約束はしておらぬ」

「俺が楓殿と約束してんの」

「一匙。あと一匙だけじゃ」

「だーめ」

振り切るようにアイスを持ったまま俺が背を向けると、沙耶はスプーンを持った手でぽかぽか俺の背を叩く。

「けち！　冬弥はけちじゃ！」

「あのなあ」

「あと一匙食べたいのじゃ！」

「沙耶……」

「あと一匙、食べさせてたも……」

目を潤ませて俺を見上げる沙耶に負けて、俺は最後に一口残っていたカップをつい沙耶にやってしまう。一部始終を聞いていたじいちゃんが、台所から顔を出して苦笑する。

「泣く子と地頭《じとう》には勝てぬ、というしな」

「つうか、泣く沙耶には勝てないっつーか」

いつの間にか満開になった庭の桜から、春風に吹かれて花びらが舞い落ち、縁側に座って満足げに最後の一匙を舐める沙耶の上に降りかかる。

外に出ると、沙耶はこの数日の鬱憤《うっぷん》を晴らすように、川を目指して駆けて行った。

少しはらはらしながら、沙耶の後を早足で俺は追う。

ふと振り返ると、じいちゃんが随分後ろから、悠々と歩いて来るのが見える。俺に気付くと、片手を挙げて遠目でもそれと判るように、にっこりした。

「とーうやー」

百メートルほど先を行く沙耶が立ち止まり、両手を振って俺を呼ぶ。

「はいはい」

応えて、俺は苦笑した。

やっぱり、どう見てもコドモなんだけどな……

追いついた沙耶は草むらの一点を見つめている。

「沙耶？」

「しーっ」

人差し指を口に当てながら、沙耶は手招いた。俺はそうっと近づいて、身体を曲げて沙耶に耳を傾ける。

「……兎がおるのじゃ」

「えっ？　ウサギ？」

思わず大きな声を出してしまった俺の目の端に、さっと草の間を走る影が映った。

「あ！」

沙耶と二人、同時に小さく叫んで、影が消えた方に足を向ける。

「冬弥が大きな声を出すからじゃ」

「だって俺……」

俺の家は山手線の外とはいえ住宅地だ。ウサギはおろか、野良猫や野良犬だって滅多に見ることがない。

「……野ウサギなんて、初めて見るんだよ」

「なんと」

沙耶が目を丸くして、俺を見上げる。

一瞬、自分がひどく無知な人間になったような気がして、俺は恥ずかしさに目をそらした。そんな俺には構わず、沙耶はぐいっと俺の手を引く。

「こっちじゃ。まだ近くにおる」

ウサギが消えた方にそろっと足を向けると、またさっと影が動く。

「こっちじゃ。こっちじゃ」

俺の手を離して、沙耶がはしゃいで後を追う。

ウサギは俺たちを誘うように、動いては止まり、また動いては止まる。

草むらから頭だけを出し、沙耶が右へ左へと笑いながら音のする方へ走る。

「こっちじゃ。こっちじゃ」

「ちょっ……沙耶、待ってって」

俺は足にからむ草をかき分けながら、ウサギと沙耶の足音に耳を澄ませた。

たたたっと早いウサギの後を、ぱたぱたぱたっと遅れるように沙耶が続く。

草むらをぐるりと周って来る二つのリズミカルな音に、身体を回して備えると、がさっと草むらの一点が分かれ、ぽーんっと薄茶の塊が俺の胸に飛び込んできた。

「うわっ！」

思わず受け止めたそれは、集会所の猫より大きくて弾力がある。

生きてる。

そう思ったら、恐怖とも興奮ともつかないものが俺の身体を走り抜けた。

固まってしまった俺の腕の中で、ウサギは野性味溢れる引き締まった身体をねじり、痛烈なキックを繰り出す。

「っ……」

噛まれた、と思った瞬間にそれは俺の手を離れ、草むらに駆け込んだ。

呆然として両手を見ると、左手からぽたぽたと血が流れ落ちた。

「と……冬弥？」

地面に落ちた俺の血と俺の手を、交互に見やる沙耶の顔は蒼白だ。

その目がじわりと潤んで俺は慌てた。

「大丈夫。大丈夫だから」

「──どれどれ？」

やっと追いついてきたじいちゃんが、珍しく心配そうに俺の手を取った。ポケットから使い捨ての消毒綿を取り出すと、俺の手をそうっと丁寧に拭う。

「用意がいいね」

「子供に怪我はつきものだからな」

「大丈夫だよ」

「冬実がまた文句を言うなぁ、こりゃ」

傷を確かめ、消毒綿ごとハンカチで包《くる》むと、じいちゃんはにっこり笑って、唇を噛んで立ちすくむ沙耶の頭を撫でた。

「大した傷じゃない。大丈夫。すぐに治るさ。血が出てちょっとびっくりしたな。でも、もっとびっくりしたのはあちらだよ」

じいちゃんが顎で指した方を見ると、草陰からウサギがじっとこちらを窺っている。

じいっとウサギを見つめて、沙耶はぺこりとその小さな頭を下げた。

「すまぬ。ちょっとお前と遊んでみたかったのじゃ」

ぴくっとウサギの耳が震えた。

「冬弥は、お前のような者を見たことがないのじゃ」

沙耶の言葉に、ウサギはそろそろっと草陰から姿を現した。じいちゃんがハンカチを巻いてくれた手を押さえて、俺は慌てて頭を下げた。

「えーと、ごめんなさい。驚かせて」

ウサギは更にそろりと前に出て、その姿を俺たちの前に見せた。

それからじろりと剣呑《けんのん》な目で俺を睨むと、沙耶にこくっと頷き、大きく一つ跳ねて、俺たちの視界から消えて行った。

「なんか、イメージと全然違う。ウサギってもっと小さくてほんわかしてるんじゃ？」

「そりゃペットとは違うさ。彼は、野兎《やと》だもの」と、じいちゃんはくすっと笑った。

「……そういや、そういう歌があったよね？」

「うーさーぎーおーいし、かーのーやーまー、か？」

「俺、本当にウサギ、追っちゃったよ」

「ははっ。そうだな」

野兎か……

たった今聞いた二つの軽快な足音を思い出して、俺は知らずに指をタップしていた。

それから思いついて、半パンの後ろポケットに突っ込んできた紙とペンを取り出して音を書き込んだ。きちんと作曲を習ったことはないけれど、沙耶の鈴に触発されたのか、ここに来てから面白いようにいろんなフレーズが浮かぶ。

俺が紙をしまうと、待っていたかのように、沙耶が俺の手を引っ張る。

「向こうの河原に、良い石がたくさんあるのじゃ」

「良い石？」

「まあるいのや、平たいのや、いろいろあるのじゃ」

「ふうん」

「おやおや安那殿、くっつき虫だらけじゃないか」

わざとらしく呆れた声で、じいちゃんが言った。

よく見ると沙耶の着物の袂や裾に、ぼつぼつと変なものがついている。

「え？　これ虫なの？」

虫慣れしていない俺が手を引っ込めるのを見て、じいちゃんが苦笑した。

「種だよ。こういう風に動物にくっついて、次に根を生やす場所へ移動するんだ」

「へぇー」

おそるおそる青いイガイガを一つ手にとって、手のひらで転がしてみる。

「冬弥、あっちじゃ」

沙耶がぐいっと俺の手を引っ張り、その拍子にイガイガは俺の手から転げ落ち、草むらに消えた。

再び駆け出す沙耶に手を引かれ、俺は風景の一部になった。

頬を撫でる柔らかい風や、靴を通して蹴る少し湿った大地と共に、息をしている気がした。

不思議な一体感。

あらゆる音が、風と共に俺の身体を吹き抜けていく。

陽の光と共に、俺の全身に降りそそぐ。

言葉にならない喜び……

無性にピアノが恋しくなった。


春休み最後の日、俺は沙耶とじいちゃんに別れを告げて東京へ戻った。

左手の怪我についてはみっちり絞られたし、夏休みにもじいちゃんちに行くと言ったら、再びヒステリーを起こされたけど、最終的には、決めた練習時間以外は好きなものを弾くということで、母さんと俺は和解した。

家族揃った晩ご飯で俺がそう告げると、姉貴はやれやれ、父さんはよしよし、といった顔をして、何故かどちらもくすりと笑った。

なんだよ、人がせっかく真剣に……

そう思ってちらりと隣りを見やると、母さんも、どこか納得いかないといった顔をしていた。

沙耶と約束した手前、じいちゃんに応援を頼み、じいちゃんはまたまた夏休みのために、母さんの説得に取りかかった。妥協案としてじいちゃんが、ばあちゃんがその昔使っていたピアノを譲ってもらえないか、ばあちゃんの実家にかけ合ってくれることになった。ばあちゃんの実家である京都の倉貫《くらぬき》家では、今は誰もピアノを弾かないらしく、このまま遊ばせておくくらいならと、快く承諾してくれた。

ピアノがあるなら文句は言えない。

じいちゃんに練習スケジュールの念押しをして、母さんはしぶしぶ高野町での夏休みを認めてくれた。

じいちゃんが亡くなったのはその直後だ。

お礼がてら、ピアノの配送を手配しに京都へ向かったじいちゃんが乗った電車は、踏み切りで立ち往生していた乗用車に衝突した。衝撃で頭を打ったじいちゃんは、昏睡状態から目を覚ますことなく二日後に永眠した。

享年たったの六十五歳。

「打ちどころが悪かった」と、父さんは言った。

平日昼間の事故だった。打ち身や擦り傷などの軽傷者が十数名の他、手首を折った女性が一人いたけれど、命を失ったのはじいちゃんだけだった。

お葬式は東京で行われた。

俺にとっては初めての、身近な人間の死だった。

知らせを受けた時はどこか信じきれなかった俺も、コンクールでしか着ることのなかった黒いスーツに父さんが用意してくれた黒いネクタイを結び、棺《ひつぎ》に横たわったじいちゃんに対面した時、「死」というものに身体がすくんだ。

じいちゃんが死んだということはもとより、人はこんなにも簡単に、唐突に死ぬのだということに、俺はショックを受けていた。

それでも俺が普通に生活を続けられたのは、母さんがいたからだ。いつもてきぱき家事をこなし、だらしない俺や姉貴に何かと小言を絶やさない母さんは、いつもの勢いはどこへやら、お葬式の後から別人のようにぼうっとしていた。

必然的に、俺や姉貴が「しっかりしなければ」、ということになる。

お葬式から二週間後、父さんに辞令が出た。ロンドン支店への転勤だ。外資系の証券会社に勤める父さんにとっては、何年後かの出世につながる栄転だった。

呆けていた母さんは、父さんの転勤を知って、急にものすごい勢いで家を片づけだした。俺は転校なんて嫌だったけれど、引越しの準備をしたり、ロンドンの音楽学校を調べたりして気を紛らわせている母さんを見ていたら、そんなことはとても言えなかった。

沙耶との約束も忘れた訳ではなかったけれど、俺は所詮中学生。一人東京に残り、来年には大学を卒業して社会人になる姉貴とは違う。お金も自由も限られている、一人の子供でしかなかった。

学校の友達と別れを惜しんで遊びまわったり、引越し準備をしたりしているうちに、一学期が終わった。

終業式の翌日、成田で姉貴に見送られ、俺は日本を後にした。

引き出しのビー玉

——1945年　夏

てしまっている。


「どっこいしょ」

声を出して、私は木陰から立ち上がった。

おばあさんみたいと思うものの、近頃は何をするにも、かけ声を出すのが身についてしまっている。

おなかに手をやって身体を曲げて、座布団代わりにしていた防空頭巾を拾い上げる。水筒やら本やらが入った肩掛けかばんを斜めにかけ、私は町へ向かって歩き出した。

農道をゆっくり歩いていると、「かずさーん」と私を呼ぶ声がした。

声のした方を見やると、畑の反対側にリヤカーを引いていく育子《いくこ》さんの姿が見えた。

私が手を振ると、育子さんは一反ほど先の十字路を指差した。のろのろ歩く私と、畑を折れてきた育子さんは、十字路で顔を合わせて互いに微笑んだ。

「育子さんも、今帰り？」

「うん。和《かず》さん、乗っていかない？」

「まさか。それに無理でしょう」

「そんなことないわよ。ほら見て。力こぶ」

そう言って育子さんは腕を折り曲げた。

「まあ」と、私は吹き出し、育子さんも笑った。

おうちにお邪魔した時に見せてもらった写真では、ブラウスにスカート姿だった育子さんは、ここでは長い髪を後ろでくくり、農帽にもんぺというでたちだ。ブラウスと同じくらい白かった肌は、毎日の農作業でとっくに真っ黒。写真では華奢なお嬢さんといった感じだったのに、今ではすっかり逞《たくま》しい。

かく言う私も、似たようなものだ。

「身体の具合はどう？」

「悪くはないんだけれど、重いわ」

「まーだまだ序の口よ」と、育子さんは笑った。

「覚悟しておくわ」と、私もつられて笑う。

妊娠六ヶ月の私のおなかは、かつてないほどに膨らんでいる。これがあと三ヶ月もすると倍にもなると思うと、空恐ろしい。今までに何人も妊婦は見てきているし、そういうものだと判っていても、なんだか不思議でしかたない。

「蹴ったりしないの？」

「それがまだなの」

「楽しみねぇ」

「ええ」

晴れているとはいえ、まだ梅雨は明けていない。育子さんと私はおしゃべりをしながら、蒸し暑さに何度も手ぬぐいで汗を拭った。

　やがて町が見えてくると、育子さんが鼓舞するようにおどけて言った。

「そーれ、あともう少し」

　町と言っても、高野町の町としての歴史は浅い。横浜から来た育子さんや、東京から来た私から見ると、一昔前の農村そのものだ。大通りにはお店が並んでいるが、それもほんのちょっとで、後は田んぼや畑の合間に民家が点在している。町の人は互いの地域を昔ながらの名前で呼ぶし、個々の家には苗字ではなく屋号を使うことが多い。ちなみに町の人が「町」と言う時は、大通りのお店が並ぶ一角を指している。

　その「町」を抜けて、横道を下ったところに、育子さんのご主人の実家の二宮《にのみや》家がある。

「お母さん」

　たたたっと元気な足音がして、女の子が横道を駆け上がってきた。育子さんの長女の洋子《ようこ》ちゃんだ。

「洋子」

「おかえりなさい。あ、和さん、こんにちは」

「こんにちは」

　礼儀正しく私に挨拶をして、洋子ちゃんはリヤカーに手をかけた。九つにしては背が高く、ひょろっと細い。育子さんに似た長い髪をおさげにまとめ、利発そうで優しい顔をしている。

「手伝うよ」

「うん。ありがとう。あ、ちょっと待って。和さん、これ、おすそ分け」

そう言って、育子さんはリヤカーに積んでいたかごから、桃を二つ取り出した。

「嬉しい。ありがとう。二人とも喜ぶわ」

「秋には美味しい栗をご馳走するわ」

二宮家は田畑の他に栗林を持っている。桃はその栗林の横に、自宅用に二本だけ植えてあるのだそうだ。

「楽しみにしてます」

育子さんと洋子ちゃんに別れを告げて、私は横道から更に枝分かれしている細道を進んだ。五百メートルほど歩いた、少し奥まった田んぼの向こうに、私が帰る白石《しらいし》家がある。

「スミさん、ただいま帰りました」

「お帰んなさい、和ちゃん」

割烹着姿のスミさんが、ざるを片手に勝手口で迎えてくれた。

台所からはほのかに甘い匂いが漂ってくる。かぼちゃを蒸《ふ》かしているのだろう。育子さんからもらった桃をかばんから出すと、スミさんは私が予想した通りにぱあっと顔を輝かせて喜んでくれた。

「お父さんも喜ぶわ」

「わしが喜ぶとは何ぞな？」

ひょいと、土間に下りてきた俊之《としゆき》おじさんの顔が覗いた。

「桃じゃがな。ほれ」

「おお、旨そうじゃな。ウチのはほれ、みぃんな鳥に食われてしもうたからな」

「そうそう。残念じゃったねぇ」

残念だと言いながらも、ちっとも悔しそうではない。にこにこと嬉しそうに桃を手にしている二人を見ていると、私までつい笑みがこぼれる。

晩ご飯は思った通り、かぼちゃを蒸かしたものと煮豆の残りだった。煮豆は薄味だけど、スミさんは料理上手だ。限られた調味料を使って、あれこれ工夫して美味しいものに仕上げてくれる。

それからお米。

七分《しちぶ》づきで量も多くはないけれど、東京ではもう滅多なことではこんな普通の「ご飯」は食べられない。斉《ただし》さんと最後に奮発したご飯でさえ、どろどろにふやかしたお粥だった。

半年前までの飢えが嘘のようだ。

ありがたい……本当にありがたいことだ。

「さあ、どうぞ」

「いただきます」

精一杯の感謝を込めて、私は手を合わせた。


斉さんに、まさかの赤紙が届いたのは年の瀬だった。法が改正されたとはいえ、斉さんは四十目前。勤め先の繊維会社も休業状態が続いており、戦局と飢えの厳しさに、疎開《そかい》を考えていた矢先だった。

その一月《ひとつき》前の空襲で、お義兄《にい》さん一家が焼け出され、同居していたお義母《かあ》さんが既に帰らぬ人となっていた。

高野町は斉さんが生まれ育った土地だが、縁者は住んでいない。斉さんは十代で父親を亡くしており、お義母さんはお義父《とう》さん亡き後、土地を売り払い、知り合いを頼って息子二人と東京へ出た。近隣の市町村にいくつか親戚筋はあるようだが、東京へ出てからは疎遠になっていったそうだ。

そういう事情で四国への疎開が躊躇《ためら》われていた時、声をかけてくれたのが白石家だった。

白石家の一人息子であり、斉さんと同い年で親友でもあった実《みのる》さんは、十五の時に病気で亡くなっている。親戚とは疎遠になっていたが、お義母さんは仲の良かったスミさんとの交流は続けていたし、白石家の二人は斉さんを亡き息子さんに重ねて、大切に思ってくれていたようだ。食べ物は充分あるし、一緒においでと何度も連絡してくれて、初めは遠慮していたお義母さんもその気になっていたのに、実現する前に当の本人が亡くなってしまった。

お義兄さん一家は焼け跡を片付けた後、お義姉《ねえ》さんの実家がある水戸へと越して行った。東京とさほど変わらぬ生活事情をお義兄さんは案じていたが、お義姉さんはもともと見知らぬ田舎の高野町よりも、家族のいる水戸へ戻りたがっていた。

四十九日を済ませたら私たちだけでも四国へ行こう、と話しているところへ、表で自転車が止まる音がして、戸が叩かれた。

「塩野《しおの》さん」

「はい」

知らない声を訝《いぶか》しみながら戸を開いた私は、はっと息を呑んで立ち尽くした。

「塩野斉さんはいらっしゃいますか？」

国民服を着たその人に応えられずにいた私を、後ろから来た斉さんがそっと脇に寄せた。

「私です」

「……召集礼状を持ってまいりました」

覚悟を決めるように一つ小さく息をついて、斉さんはそれに手を伸ばした。

一時は八王子の実家へ身を寄せることも考えたのだが、八王子といえども東京だ。

お義姉さんの実家同様、食べ物に恵まれているとも、危険が少ないとも言い難かった。

お義母さんや斉さんがいなくても、白石家では受け入れを快く了承してくれたし、家族や出征する斉さんと相談の上で、私は高野町への疎開を決めた。

父には何か感じるところがあったのだと思う。「帰ってくればいい」と引き止めた母と違って、「離れられるのなら、東京を離れた方がいい」と、いつになく硬い表情で言ったのが忘れられない。民間人の移動は厳しくなっていたというのに、どういうつてを頼ったのか、四国までの長旅を手配してくれた。斉さんを見送ったのは松がとれてからで、その後すぐにこちらに来ることができたのは、父が尽力してくれたおかげだ。着いた後すぐにダイヤが改正されたから、改正後だったらとてもここまで来られなかっただろうし、あのまま東京にいたら、今、生きていたかどうかも判らない。

三月の大空襲を知った時、父の予感は当たったと思った。

「和と一緒に行け」と父に言われたにもかかわらず、姉は迷った末に、東京に残ることを決めた。夫を助け、両親と共にあるのが長女たる自分の務めだと思う、と。

父は昔気質《かたぎ》の律儀な町医者だ。戦争が長引くにつれ怪我人も病人も増えていくというのに、病院が焼けたり、医者が疎開したりで、手が足りなくなってきていた。しかしどんなに物資に困窮しても、患者を見捨てて疎開するなど父は考えもしないだろうし、それは跡継ぎとして婿入りしたお義兄さんも同じようだ。幸い、姉の二人の子供たちは夏の学童疎開で既に東京にはいなかったが、家族を置いて一人だけ田舎へ逃れるなんて……と、二の足を踏む私の背を、最終的に押してくれたのは姉だ。

「和ちゃんの務めは、斉さんを安心させてあげること。斉さんが帰って来るまで、元気で、無事でいることよ」

そう言って微笑んだ姉は、口ごもった私をよそに、勝手に荷造りを始めてしまった。

四国までの道のりは長かった。

旅行といえば、伊勢と京都へそれぞれ一度ずつしか行ったことがなく、京都より西は未知の土地。ましてや一人旅は初めてだった。女一人と侮《あなど》られないように、列車でも船でも気を張っていたせいか、待ち合わせの駅に降り立った私は心身共に疲れきっていた。

思ったより多くの人でごったがえす中、荷物を抱いてうろうろと辺りを窺った。先を急ぐ人に押されるように駅の外へ出ると、名前を呼ばれた気がした。声のした方を振り向くと、紙を手に辺りを見回している年配の人がいる。「シオノ　カズ　サン」と書かれた字が見えて、おずおずと私が声をかけると、大きな笑顔が返ってきた。

「ようー、きなはった」

俊之おじさんの温かい歓迎の言葉に、道中の緊張が一気に解けて、私はつい涙ぐんでしまった。

——妊娠に気付いたのは、高野町へ来て二ヶ月が過ぎた頃だ。月のものが来ないのは、新しい生活に身体が戸惑っているせいだと思っていたから、妊娠したのだと判った時は驚いた。

私は今年三十になる。二十歳の時に斉さんと結婚してからはや十年、この数年は年齢的にも状況的にも子供を諦めていたところだったので、喜びと同じくらい不安も大きい。

加えて、初めてのつわりはひどいものだった。貴重な食べ物を何度も何度も戻す度《たび》に、申し訳なさで胸が痛んだ。

「ええ、ええ。皆そんなんじゃわ」

スミさんはそう言ってくれたけれど、私は東京の食糧事情を身をもって知っている。口をすいでいると、どうしても涙がこぼれた。

斉さんからは、出征直後に手紙が一通届いたきりだ。文中に「近々遠くへ行きます」とあったので、外地に派遣されたのだろうと思うのだが、詳しいことは判らない。

こちらから出す手紙も届いているのか、いないのか。

「便りがないのは良い便り」と、スミさんは励ましてくれるけど、三月の大空襲をはじめ、次々と届く東京の惨状に、口には出せない不安が募る。

日本の旗色は悪くなる一方だ。

毎日、斉さんだけでなく、両親や姉夫婦の無事を祈らずにはいられない。

戦争は一体、いつまで続くのか……

スミさんや俊之おじさんに限らず、町の人は皆、温かい。

生活に余裕があるからだろうか。

噂に聞いたように、「疎開者」だと莫迦《ばか》にされることも、邪険にされることもなかった。外を歩いていれば皆なんだかんだと声をかけてくれるし、慣れない畑仕事をしていれば手を貸してくれる。特におなかが大きくなってからは、あちこちで労《いた》わってもらっている。

毎日飢えずに食べることができ、警報に怯えることもほとんどない。

妊娠しているとはいえ、私だけ安穏とした生活をしているのが後ろめたかった。

半年前に比べたら、夢のような生活で……時々、本当に夢なのではないかと思う。

いいえ、夢であって欲しくはない。

おなかを抱えるように触れて、私は打ち消した。

結婚して五年も経つと、互いを気遣って、子供のことを話すことはなくなった。夏休みや年末、近所に昼間から子供がいるようになると、疲れているにもかかわらず、休みをやりくりして斉さんは私を外へ連れ出した。おかげで都内の神社仏閣、花の名所などはほとんどまわったように思う。

子供ができなくても、こうして二人で、いつまでも仲良く暮らそう。

そんな斉さんの、言外の優しさが伝わってきて嬉しいのと同時に、申し訳ないという気持ちも強かった。

特別に子供好きだという印象はない。だが、お義兄さんの家や私の実家で、甥や姪に接する時の斉さんの様子から、人並みに我が子を望む気持ちは充分過ぎるほど見て取れた。お義母さんにしてもそうだ。孫なら既にお義兄さんのところにいるといっても、やはり斉さんの子も抱いてみたいと思っていた筈だった。

お義母さんは斉さんを産み育てただけあって、同じように思いやりのある人だった。結婚してからずっと、毎年新しいお守りを子宝祈願で有名な豊川稲荷《とよかわいなり》からいただいてきては、そっと渡してくれた。おととし、「もういいだろう」と後でこっそり断った斉さんに、お義母さんは言ったそうだ。

「私は姑だもの。私が諦めたら、和さん、かえって寂しくなるわ」

同居していたお義姉さんには、それなりに厳しかったようだが、私には優しい義母《はは》だった。もちろん、家のことに関しては注意を受けることもあった。でも、一緒に買い物や催し物に出かけたりと、楽しかった想い出の方が圧倒的に多い。けしておしゃべりではなく、おっとりしているようでいて、芯のしっかりした人だった。またそうでなければ、いくら知り合いがいたとはいえ、息子二人を連れて単身で四国から上京などできまい。

入れた覚えはないのに、お義母さんが去年くれたお守りは何故か、ばたばたとかき集めた貴重品袋の奥に仕舞いこまれていた。思い立って、かばんにつけたそれを見る度に、目頭が熱くなる。

お義母さんがいたら、どんなに喜んでくれたことだろう……

お義母さんと同年代のスミさんには、本当によくしてもらっている。しかし、斉さんが傍にいない今、お義母さんが一緒にいてくれたら、どんなに心強いことか……

泣くまいと、潤んできた目元をさっと拭って、私は今日も外に出た。

午後の散歩は私の日課になりつつある。

働かざる者食うべからず。

そう思いながら、できる限りのことをする覚悟で来たものの、すぐに私は己の無力を知った。

町医者の娘に生まれ、会社員に嫁いだ私は、ここに来るまで土仕事というものをしたことがなかった。

家のことも、掃除はまだしも、洗濯や台所仕事は東京とは勝手が違う。

あたふたと見よう見まねでお手伝いをしていた時よりも、私がつわりで臥《ふ》せっていた時の方が、スミさんも気楽だったようだ。つわりが治まってからも「無理せんと」と、午後はのんびりするように仰せつかった。

朝ご飯の後、私がゆっくりと家の掃除をしている間に、台所仕事は言わずもがな、洗濯も「身重では大変じゃろう」とスミさんがちゃきちゃき済ませてくれる。朝から晩まで畑仕事のおじさんも、遠くの畑に行く時以外はお昼に家に戻って来る。お昼を三人で済ますと、私は一人、夕方まで自由だ。

ずっと家にいると、かえってスミさんに気を遣わせてしまうようで、天気がいい日は運動を兼ねて散歩に出かけることにしている。雨の日は育子さんを訪ねて、二人でかごを編んだり、縫い物をしたりする。

大通りへ出る道を歩いていると、近くの畑で作業していたおじさんの声がした。

「かずちゃーん。すいとーう！」

水筒の入ったかばんを掲げるように見せると、おじさんは「よしよし」というように畑の向こうで頷いた。

「もってまーす！」

まだまだ陽は高い。

今日は、どこへ行こうかしら。

大通りへ出てから少しだけ迷い、私は川の方へ足を向けた。

大通りと平行するように町中を流れる川はさほど広くないが、これをたどるとやがて大きな川と合流する。合流地点の橋の手前で右へ折れると、私は流れに逆らって、山を見ながら川沿いに歩き出した。

川沿いにはしばらく畑が続き、山に近くなるにつれ、草むらに変わっていく。

途中の木陰で一休みして、引き返そうかしばし迷った後に、私は次の橋まで歩くことにした。次の橋を、これまた渡らずに右へ折れ、更に歩いてまた右に折れると、ちょうど畑をぐるりと回って町へ帰って来るような形になる。

橋の袂が見えてきたのは二時を回った頃だろうか。

思ったより時間がかかってしまった。腰もだるい。

少し休もうと木陰を探した私の目に、ひらり、と遠くで青いものが映った。

ひらり。

ひらり。

蝶ではない。

旗、かしら？

目を凝らしてみたがはっきりとしない。

私は誘われるように、橋を越え、更に川沿いを歩き出した。

三百メートルほど歩いただろうか。

まだまだ遠いが、ようやく青くはためくものが何か判って、私は微笑んだ。

それは小さな男の子だった。

浅葱《あさぎ》色の着物を着た男の子が、何に夢中になっているのか、河原にしゃがみ込み、立ち上がって少し動いては、またしゃがみ込む。

町の子だろうか。まさかこんな遠くまで一人で来たのだろうか？

少し心配になって、私は土手から声をかけてみた。

「こんにちはー！」

男の子は、立ち上がってこちらを見たようだ。

「こーん、にーち、はー！」

河原まで下りようと、足を踏み出した途端、眩暈がした。

思い出したように喉が渇いて、私はかばんをまさぐった。

「水筒」

一人つぶやくと同時に、ふっと意識が遠のいた。


ぺた、ぺた、と、湿ったものが頬に触れた。

うっすら目を開くと、心配そうな男の子の顔が見下ろしている。

私が目を覚ましたのを見て取ると、ぱあっと花が咲くように笑顔になった。

「かえでー。気付いたようじゃー」

男の子が川の方を振り返って言った。

ぺたぺたと頬に触れていたのは、濡らした子供の手だったらしい。額にも湿らせた手ぬぐいが載せてあった。

私が少し頭を持ち上げると、男の子の後ろから、背の高い男の人が近寄ってきた。

「まだ動かぬ方がよいでしょう」

そう言うと彼はかがんで、新たに湿らせてきた手ぬぐいを額のものと取り替えた。それからくるりと踵を返すと、取り替えた手ぬぐいを片手に再び川へと下りて行った。

「うむ。まだ動かぬ方がよいのじゃ」

男の人が言ったことを、したり顔で繰り返して、男の子は起き上がろうとした私を押しとどめた。しかし私とて、見ず知らずの人の前でごろりと寝そべっているのは恥ずかしい。

「もう大丈夫よ」

男の子に言い聞かせながら、私はゆっくりと身体を起こし、引きずるようにして、頭の後ろにあった木にもたれた。おなかに手を当てて、身体の無事を確かめる。無意識におなかをかばったのか、左肘が少しだけすりむけていた。

男の人が戻ってきて、絞ったばかりの手ぬぐいを差し出す。

「どうぞ」

「どうもすみません」

手ぬぐいを頬や首筋に当ててると、ひやりとした。陽射しは暑いけれど、山が近いだけあって、川の水は冷たくて気持ちいい。

「大事はなさそうですね」

「ええ」

「それはようございました」

胡桃《くるみ》色の古風な夏着物を着た男の人は、丁寧に草むらに膝をついて言った。私も慌てて、頭を起こしたものの、おなかのことを考え、腰を下ろしたまま形ばかり頭を下げた。

「とんだご迷惑をおかけいたしました。本当に助かりました」

男の人の隣で、男の子はまじまじと私を見つめている。

五歳くらいだろうか。町では見かけたことのない、愛らしい顔立ちをしている。浅葱色の着物は無地だけど、この辺りの子供が着ているような粗末な着物や浴衣とは違う。どこか名のある呉服屋で仕立てたような立派な染めものだ。時代がかった話し方といい、きっと裕福な家の子供なのだろう。

仕方がないと思いつつも、擦り切れたもんぺ姿の自分に溜息をつきそうになった。

「私は、塩野和と申します。東京から高野町に疎開してきていて、高見《たかみ》の白石という家にお世話になっております」

「おれは、ヤスナと申す。こっちは楓じゃ」

「ヤスオちゃん？」

「ヤスナ、じゃ」

胸を張って言い直し、たどたどしく地面に字を記す姿がまた愛らしい。

「ごめんなさいね。安那ちゃんと楓さんね」

「うむ」

「町で見かけたことがないけれど、この近くに住んでいるの？」

「うむ、おれはな」

「安那様」

言いかけた安那ちゃんを楓さんが止めた。

「失礼いたします」

安那ちゃんを連れて少し離れ、楓さんはしばし何ごとか安那ちゃんに耳打ちをした。

どうやら楓さんは、年の離れたお兄さんでも、若いお父さんでもないらしい。そう言えば、二人の顔だちはまったく似ていない。いっぱしの青年が「様」付けで呼ぶということは、安那ちゃんは相当な家のご子息なのかもしれない。

やがて相談ごとを終えると、戻ってきた安那ちゃんが言った。

「おれはな、山の向こうに住んでおるのじゃ」

「山の向こう？」

「はい。山を越えたところにある村でございます」

「はあ……そうですか」

なんともはぐらかした言い方だ。

「あの、改めてお礼に伺いたく思いますが……」

私が切り出すと、楓さんは微笑んで、でもきっぱりと断った。

「そのようなお気遣いは無用にございます」

「でも」

「むしろ、私どものことは、どうか他言せずにいただきたいのですが」

「はあ……」

「外聞が悪うございますから」

「外聞が？」

「このご時勢でございますから」

楓さんが言うのを聞いて、私は遅まきながら察した。

楓さんはおそらく二十四、五。六尺近い立派な成人男性だ。東京でも高野町でも、徴兵が進んだ昨今では、楓さんのような青年を見ることは少なくなっている。

よその家の子の面倒を見ているくらいなのだから、嫡男ではあるまい。見たところ五体満足そうだから丙《へい》種でもないだろう。もしかしたら病後で戊《ぼ》種扱いなのか。

それとも噂に聞くように、何らかの形で「徴兵逃れ」したものか……

何にせよ、いい年をした青年が畑仕事もせず、昼間から外出をしているようでは「外聞が悪い」に違いない。こんなところにいるのも、人目を避けているからなのだろう。

「判りました」と、私は応えた。

好き好んで戦地に向かう者は少ないに決まっている。とても表では言えないが、胸を張って送り出すのが家族の務めというから私もそうしたけれど、家では泣いて赤紙を呪った一人だ。

「そうかの。内緒にしてくれるかの」

安那ちゃんがほっとしたように言った。楓さんは安那ちゃんにとって、大切な子守のお兄さんといったところだろうか。

「ええ。内緒ね」

私が微笑むと、安那ちゃんも目を細めて笑った。

私はそろそろと立ち上がり、もう一度お礼の言葉を述べた。

二人は心配して途中まで送ってくれたが、遠くにちらほら人影が見えるところまで来ると、「私どもはこれにて」と、楓さんは頭を下げた。

「もうお会いすることもないでしょうが、お元気で」

「丈夫な赤子が生まれるとよいのう」

口々に言って、二人は来た道を引き返して行った。

もうお会いすることもないでしょう、と楓さんは言ったが、それからも幾度か、私は散歩の途中で二人を見かけた。

その度に安那ちゃんは元気に走り寄ってきて、私たちはしばしのおしゃべりを楽しんだ。

「いつも、何を探しているの？」

この暑いのに、河原で出会う安那ちゃんは、初めて会った時のように炎天下で何かを探している。子守の楓さんは私同様、木陰で静かに涼んでいることが多い。

「まあるい石じゃ」

「まあるい石？」

「うむ。まん丸の石を集めているのじゃ」

「集めて、それからどうするの？」

安那ちゃんは私の問いに目をぱちくりして、小首をかしげた。

「集めてどうする、とな？　それはな……うむ」

ちょっとだけ迷い、でもすぐに顔を上げると、安那ちゃんはきっぱり言った。

「今はな、集める時なのじゃ」

「ふうん」

「おれはな、まん丸のものが好きなのじゃ」

「近頃ご執心の遊びにございます」

安那ちゃんが離れた隙に、楓さんがそっと教えてくれた。

なるほど、と、私は頷いて顔をほころばせた。

忘れていた。子供とはそういうものだった。私もかつては、他愛ない遊びに夢中になった子供の一人だったではないか。

幼い子にとっては、こんな河原の石でさえも、宝物になりうるのだ……

ふふっと笑みがこぼれた。おなかをさすりながら、数年先へと想いを馳せる。

この子もいつかあんな風に、河原を駆け回る時が来るかしら。

その頃には……戦争も終わっているかしら。

ぽこん、と、応えるようにおなかが動いた。七月に入ってようやく胎動が始まったのだ。

「赤子は元気かの？」

戻ってきた安那ちゃんが、傍らに座り込んで問う。

「ええ」

「おれも触れてよいかの？」

「もちろん」

安那ちゃんの小さな手が触れると、赤ちゃんも嬉しいのか、ぽこん、ぽこんとおなかを蹴った。

「楽しみじゃのう。男かいのう？　女かいのう？」

「ふふふ。どっちかしらね？」

どちらでもいい。

無事に、生まれてきてくれるなら。

相変わらず、斉さんからの便りはなかった。

近頃は郵便屋さんが来る度に、一喜一憂することもなくなった。戦況は日に日に悪くなっているようだ。敵軍の本土上陸も近いという噂さえある。東京も引き続き、繰り返し空襲を受けていると聞いた。

私から送った手紙には、懐妊したことを既に記してある。こちらからの手紙が届いているならば、斉さんなら、なんらかの返信を送ってくれる筈だ。軍からの私信は検閲が厳しいと聞いているが、いくらなんでも子供のことを喜ぶ手紙が破棄されるとは思えない。部隊が外地にいるために、互いの手紙が届いていないのだろうと思う。

もしくは……と、思いかけては頭を振って、嫌な想像を追い払う。

斉さんから唯一送られてきた手紙は、何度も読み返して折り目が擦り切れてきた。

男の人にしては丁寧な、しっかりとした文字。

裕福とは言い難い暮らしをしてきた斉さんとの縁談を、初めは渋っていた父も、結婚前に文通していた手紙の字を見て「おや」と思い直したふしがある。

大人しいが、しっかりしている。それが父の評だった。

私にとっては斉さんは、「大人しい」というよりも「大人らしい」人だ。十年も歳が違えば当然といえば当然だが、出会った当初も今も、道理をわきまえ、何ごとにも丁寧な態度にとても安心する。

「先生みたい」と私が言うと、「それは嫌だなぁ」と苦笑した。

斉さんならきっと大丈夫……私はただ待つしかない
なんの根拠もないけれど、そう信じて、ただ待つだけ……

この子が「形見」とならないよう、祈りながら、ただ待つだけ……

戦争中だということが嘘のように、どこまでも青い空を見上げていると、軽快な足音と共に再び安那ちゃんが戻ってきた。両手に小石を抱えるように持っている。

「和殿。見てたも。今日は大漁じゃ」

日焼けした顔にうっすら汗を滲ませ、自慢げに抱えた石を見せる。

「あらまあ」

私はにっこり応えたが、楓さんはすかさず言った。

「安那様。持ち帰るのは片手につかめるだけですよ。このままでは屋敷が石だらけになってしまいます」

「石だらけなどと……楓は大げさなのじゃ」

ぷうっとふくれて、安那ちゃんは抗議した。しかし楓さんは慣れたもので、じっと安那ちゃんを見つめて淡々と応じる。

「いいえ。けしてそんなことはございません」

「ふん」

「出て来る時にお約束しましたよ。屋敷に持ち帰るのは片手につかめるだけ、と」

「むぅ……判っておる。……迷うのう」

観念して、あれでもない、これでもない、と石を選り分ける安那ちゃんを見ていると、それだけで鬱々《うつうつ》とした想いが晴れていく。

「残りは隠しておくのじゃ」

早速、石の隠し場所を探して、安那ちゃんが駆けて行く。

その後ろ姿を見送りながら、楓さんと私はどちらからともなく顔を見合わせて苦笑した。

なんと、のどかな光景だろう。

安那ちゃんはきっと、飢えるつらさも、空襲の怖さも知らずにきたに違いない。

それでいいんだわ、と、私は思った。

子供たちになんの罪があろうか。

大人が勝手に始めた戦争で、子供らが飢え、苦しむことなど、本当はあってはならないことなのだ……

赤ちゃんも同意してくれるのか、ぽこん、と、再びおなかを蹴った。

二宮家に育子さんを訪ね、洋子ちゃんがお友達と遊んでいるのを見て思いつき、私は帰りしな「町」にある雑貨屋、桐枝《きりえだ》商店へ足を向けた。

　必要最低限の配給しか届かないから、町のお店は軒並み戸を閉めている。桐枝商店も例外ではない。閉まっているのは知っていたから、私は裏手にある家の方の門をくぐった。

「ビー玉かな？　どうじゃろう？　ちぃと見て来るけ、ここで待ちんさい」

「お手数かけてすみません」

　桐枝のおじさんはがさごそ店を探してくれたが、おもちゃの類《たぐい》もほとんど残ってないらしい。

「すまんのぉ」

「いいえ。わざわざ探してくださって、ありがとうございました」

「あのう、ビー玉なら」

　横から、同じように、砥石《といし》がないかと訪ねて来た少年がおずおずと言った。

「僕の使い古しでよかったら」

　少年の名は信太郎《しんたろう》くん。苗字は確か、高橋《たかはし》だったか。町で唯一のお菓子屋さん、雛屋の親戚筋だ。

「それじゃ悪いわ。気にしないで」

「いえ、いいんです。僕にはもう、必要ないものですから」

　信太郎くんと妹さんが居候している雛屋は、桐枝商店同様、今はお店を閉めている。信太郎くんが仕舞いこんだビー玉を取りに行っている間、雛屋の若奥さんがお茶を淹れてくれた。

若奥さんの名前は美鈴《みすず》さんといって、私より数年年下だ。信太郎くんのお父さんが、彼女の従兄弟にあたるらしい。その信太郎くんのお父さんにも、昨年春に赤紙が来た。

「信ちゃんが先に学徒動員で出ていましたからね。この上、お父さんまで取られてはたまりませんから、お願いして返してもらったんです」

信太郎くんがまだ未成年ということから、聞き届けてもらえたらしい。

偶然にも県境で、出征するお父さんの乗ったバスと、帰って来る信太郎くんの乗ったバスがすれ違ったのだという。息子が見えた訳ではないが、昨今はバスの本数も限られている。もしや、と思ったお父さんが、とっさの機転でバスを止めてもらい、二人はしばしの再会を遂げた。

「家を頼む、とかなんとか、その時言われたんでしょうね。帰って来てから、何かと大人を気取ってましてね」と、美鈴さんは苦笑しながらも誇らしげだ。

信太郎くんのお母さんは病気で既に亡くなっている。お父さんの出征後、信太郎くんと妹さんは離屋へ、一緒に暮らしていたおばあさんは、高橋の親戚筋へ引き取られたということだった。

「でもこの分だと、どうなることやら……」

このまま戦争が長引けば、家長だろうが長男だろうが、二十歳になれば否応なく徴兵されていくだろう……と、美鈴さんが眉をひそめたところへ、当の信太郎くんが戻って来た。

お金の代わりに用意してきた髪留めを、信太郎くんは受け取らなかった。

「東京から来られたそうで……大変でしたでしょう」

千葉に動員されていたという信太郎くんは、大人びた、訛りのない口調で言った。

「信太郎くんも、千葉とは、随分遠くへ行ったのねぇ」

この辺りなら広島か、せいぜい大阪か名古屋くらいまでではないかと勝手に想像していた。

「……上からの指示ですからね。僕だけでなく、あちこち遠くから、いろんな人間が集まっていましたよ」

一瞬言いよどんだ声に、動員中の苦労が窺えた。十代の、まだ細い身体には少年の幼さが残っているのに、瞳の静けさは大人と変わらない。

謳歌する筈だった青春を失い、父親を奪われて尚、大人になることを急《せ》かされ……

つい黙ってしまった私に、信太郎くんは笑顔を作った。

「ご主人、無事に戻られるといいですね」

信太郎くんの気遣いに、私も笑顔を作って返す。

しっかりしなくては、と思った。

「……お父さんも、無事に帰って来るといいわね」

「ええ」

ほんの少しだけ、信太郎くんは子供のようにはにかんだ。

「ビー玉、本当にありがとう」

「いえ」

白い歯を見せて、更にはにかんだ信太郎くんと手を振って別れ、私は帰路へついた。

明日は、ビー玉を持って河原へ行ってみよう。

上手いこと、安那ちゃんに会えるといいのだけれど。

子供の頃に親しんだビー玉遊びを思い出したり、安那ちゃんの喜ぶ顔を想像したりしながら上機嫌で帰った私を待っていたのは、先ほど会ったばかりの育子さんだった。

泣きはらした育子さんの目が、恐れていた悲報を告げていた。


仮葬儀から初七日まで、どちらから言うともなく、私と育子さんは互いの家を行き来して過ごした。

育子さんのご主人は満州辺境へ配置されていたようで、遺骨や遺品が戻る可能性は無きに等しかった。いずれ戦死公報が届いたところで、なんの慰めにもなりはしない。

「戦死」という言葉だけで、どうやって愛する人の死を受け止めろというのだろう。

横浜と東京にそれぞれ家を残して疎開して来た私たちには、町の人たちとはまた少し違う連帯感があった。

九つになる洋子ちゃんはともかく、下の達郎《たつろう》くん――たっちゃん――はまだ四つと幼い。二宮さんは徴兵されて二年弱というから、たっちゃんにはお父さんの記憶がほとんどない。

育子さんの心痛を思うと同時に、明日は我が身ではないかと不安が募る。

十日ほどして、私は久しぶりに一人で散歩に出かけた。

雲ひとつない青空の下、私はよちよちと川沿いを歩いた。おなかはますます大きくなっていたけれど、身体は慣れてきたのか、散歩自体はさほど大変ではない。しかし、あと一月もすれば、出産を控えて遠出をすることは叶わなくなる。

「かーずーどーのー」

今日は橋の向こうから、安那ちゃんが呼んだ。手を振り返して、私は橋を渡る。

「しばらくじゃの」

「ええ……」

育子さんのご主人のことを言おうとして、思い直した。

「……お友達のお手伝いをしていてね、忙しかったの」

「そうであったか。おれはまた、赤子が生まれたのかと思ったぞ」

「それはまだ、もう少し先のことよ」

「今日も暑いからの。気をつけねばならぬぞ」

大人ぶって忠告する安那ちゃんが可愛らしい。

「はいはい」

安那ちゃんは、今日は襷《たすき》をかけ、裾をからげて水遊びをしていたようだ。楓さんは少し離れた土手の木陰に腰かけ、一人涼しげにこちらを見守っている。

「今日はね、安那ちゃんと遊ぼうと思って、持ってきたものがあるの」

「ほほう。何かの？」

安那ちゃんは私を見上げて、目を輝かせた。

「まあるいものよ」

「まあるいもの？　なんじゃ？　鞠かの？　お手玉かの？」

待ちきれないといった様子の安那ちゃんに、かばんからビー玉を出そうとした時だった。

遠くから、ここしばらく耳にしていなかった警報が聞こえてきて、私は思わず空を見渡した。

「和殿？」

耳を澄ましているうちに、それはこの地でも何度か聞いたことのある警戒警報から、ここでは今まで一度も聞いたことがなかった空襲警報へと変わった。

久しく感じたことのなかった緊張と動悸がよみがえる。

「安那ちゃん……」

「和殿。あれはな、さいれんというものじゃ」

のんびり微笑む安那ちゃんの手を取り、辺りを見回すと、木陰から楓さんが立ち上がってこちらに歩いて来るのが見えた。

忘れたくとも忘れられない飛行音が近付いて来る。

まさか、こんなところまで。

恐怖で一息に血の気が引いた。

「安那ちゃん、こっち!」

安那ちゃんの手を引いて、私は橋桁《はしげた》を目指して走り出した。

と言っても、大きなおなかを抱えてでは思うように走れない。

音がみるみる近付いた。

「和殿? 何ごとじゃ?」

戸惑う安那ちゃんの手をぐいぐい引いていると、追いついてきた楓さんが安那ちゃんを抱き上げた。安那ちゃんを片手で抱き、反対側の手で私を支えるようにして、橋の下へと導いてくれる。

橋桁が目の前にせまった時、遠くの山陰から飛行機が二機、飛び出してきた。

飛行音がせまる。

転げるように橋の下にもぐり込み、私は目を閉じ、耳を塞いだ。

ごおっ!

空気が揺れて、上空を「それら」が通り過ぎたのが判った。

爆音はない。

薄目を開けて、振り返るように空を見やると、二機が連れ立って行くのが見えた。

河原と水面に薄い影を落としながら、「それら」は瞬く間に彼方へ飛び去った。

おそるおそる耳から手を離し、楓さんを見やると、楓さんは小さく頷いた。

「行ってしまいましたよ」

楓さんに抱かれたまま、安那ちゃんはきょとんとしている。楓さんの腕から降りると、安那ちゃんは膝をついたままの私の肩に触れた。

「和殿。怖がらずともよいのじゃ。あれはな、ひこうきというものじゃ」

「安那ちゃん」

「人が作り出した乗り物での、鉄でできておるそうじゃ。どういったからくりかは知らぬが、鉄であっても、滅多なことでは落ちては来ぬそうじゃ」

私を落ち着かせようと物知り顔で言い聞かせる安那ちゃんに、私は笑いかけようとした。

「もう大丈夫……」

微笑もうとしたのに、逆にぽろりと涙がこぼれた。

そして止まらなかった。

いけない、と思いながらも、嗚咽《おえつ》が漏れた。

東京の防空壕で震えたことや、空襲で焼けた家、亡くなった人たちが思い出された。

直接見た訳ではないのに、火の中を逃げ惑うお義母さんの姿も頭をよぎった。

飢えと戦いながら、今この瞬間にも爆撃に怯えているかもしれない両親や姉夫婦。

東京生まれで疎開先を持たない友達とそのご家族、ご近所の皆さん、その他大勢の大人たち……

子供たち……

息子に家を託して、戦地に向かった信太郎くんのお父さん。

家族を残して、遠い満州に散った二宮さん。

子供が生まれてくることも知らず、どこにいるのかさえしれない斉さん……

もしかしたらもう、この世の人ではなくなっているかもしれない。

もう二度と、あの笑顔を見ることはないのかもしれない。

生まれてくる子は、父親を知らずに育つことになるかもしれない……

「わあぁぁぁぁぁん」

突き上げてきたものが、口をついてほとばしった。

「和殿？　どうしたのじゃ？」

びっくり顔の安那ちゃんは、溢れてくる涙ですぐに見えなくなった。

「和殿？　どこか痛むかの？」

おろおろと、安那ちゃんの小さな手が私の肩をさする。

早くその手を取って涙を拭かねばと思うのに、膝の上で握り締めた拳がほどけない。

胸を押しつぶすような痛みが次々と込み上げ、叫びとなって私の身体を揺さぶる。

「和殿……？」

耳元で、安那ちゃんの声が震えた。

「うぅ……う」

私に呼応するように、安那ちゃんも泣き出した。

「わあぁぁぁぁん」

「わあぁぁぁぁん」

私と安那ちゃんの泣き声が、橋の下で重なった。

私たちはしばらく、手放しで泣き続けた。

楓さんは慰めるでもなく、呆れるでもなく、静かに私たちの傍にいた。

どのくらい、そうしていただろうか。

声の限りに泣いた後、ようやく我に返った私が袖口で涙を拭っていると、そっと手ぬぐいが差し出された。

顔を上げて楓さんを見ると、安那ちゃんはまだ「うっ、うっ」と、楓さんの胸でしゃくりあげていた。

「すいません」

私は慌てて川に駆け寄ると、ぱしゃぱしゃと顔を洗った。楓さんの手ぬぐいで顔を拭ってしまうと、川に浸して絞った。

「ごめんなさいね」

「うぅ……」

安那ちゃんの頬を、濡らした手ぬぐいでそうっと拭った。

「ごめんなさいね」

もう一度謝ると、安那ちゃんはようやく噛みしめていた口元を緩めた。

「……か、和殿につられただけじゃ」

「ええ」

「な、泣き虫は、和殿じゃ」

「本当にそうねぇ……」

私が頷くと、安那ちゃんは泣き笑うようにはにかんだ。

安那ちゃんを抱っこしたまま楓さんが立ち上がり、私たちは橋の下から出た。

私も微笑んだ。

何も変わってはいなかった。

陽はまだ高く、空は抜けるように青い。

宝石のように陽の光を反射させながら、とうとうと川が流れていく。

のどかな、いつもの風景がそこにあった。

ぽんぽんと、背を叩きながら楓さんがあやしているうちに、泣き疲れたのか、いつの間にか安那ちゃんは、楓さんの胸ですやすやと寝入っていた。

「どうやら、今日はこれでお開きですね」

「ええ。あの……みっともないところを……申し訳ありませんでした」

「構いませんよ」

「いろいろありまして……」

「お察しします」

言葉少なに、楓さんは頷いた。

ごきげんよう、と、安那ちゃんを抱えなおし、私とは反対方向に歩き出した楓さんが、ふと振り返った。

「塩野さん」

「はい」

「……この戦《いくさ》は、先が見えております」

いつも通り、淡々と、でもどこか温かい口調で楓さんは言った。

思ってはいても、皆、表では口にしないことだった。それまで漠然と感じていた「終戦」が、楓さんの言葉で急に現実味を持ったように思われた。

日本が、負ける……

私が黙っていると、ふっと、口元に優美な笑みを湛えて楓さんは続けた。

「丈夫な御子《おこ》を授かりますよう、お身体を大切に」

「……ありがとうございます」

私たちは小さく会釈を交わし、それぞれを背にして家路についた。

それが、私が二人を見た最後の日となった。


同夜、松山が空襲を受けた。

罹災《りさい》者は六万人を越え、市街地の多くが焼け野原となった。

翌月の六日には広島に、九日には長崎に、新型爆弾が投下された。

終戦を告げる放送を、私は町の集会所で聞いた。

町の人と共に、呆けたように敗戦を受け入れてちょうど一週間後、私は産気づいた。

予定より一月も早く生まれた赤ちゃんは男の子で、早産だったにもかかわらず、元気な産声を上げ、皆を喜ばせた。

私はあれこれ悩んだ末に、子供を「安之《やすゆき》」と命名した。

「平安の安に、お世話になった俊之おじさんの之」

みんなにはそう説明したけれど、「安」は本当は、安那ちゃんの名前から一文字もらったものだった。安那ちゃんのように愛らしく、傍にいるだけで人に安らぎを与えてくれるような子になって欲しい――という願いを込めて。

終戦を迎えても、斉さんの安否は一向に判らなかった。どうやら二宮さんと同じく満州の方へ派遣されていたようなのだが、戦後の混乱は軍も同じで、一兵士の消息まではなかなか手を回してくれない。

東京からは定期的に、いろんな知らせが届くようになっていた。

実は三月の大空襲で家が既に焼けていたことも、安之の出産後しばらくして、母からの手紙で知った。ただでさえ心細い私を動揺させぬように、という父の配慮だったようだ。家はほぼ全焼だったらしく、わずかに残っていたものは実家に運び、焼け跡は更地にしていて、斉さんが帰って来た時のために立て札を立ててあるという。

あの日、結局渡さずに持ち帰ったビー玉は、簞笥の引き出しにしまったままになっていた。引き出しを開ける都度、安那ちゃんのことを思い出したものの、私は初めての子育てに手一杯。あれよあれよという間に秋が過ぎ、冬が来て——町は雪に閉ざされた。

「子供がおると違うねぇ」と、しみじみスミさんが繰り返したように、外は雪でも、家の中はいつもどこか明るかった。

あやしながら、私は少しずつ安之に斉さんのことを語った。

営業先の八王子で腹痛を覚え、急遽、父の病院を訪ねて来た時のこと。

自力で入り口までは来たものの、力尽きて膝をついていた斉さんを見つけた私が、慌てて父を呼びに行ったこと。

後日、お礼の菓子折りを持って挨拶に来た斉さんと、二年後に結婚することになろうとは、あの時は思いもしなかった。

ちらほらとお見合いの話が舞い込む度に、お相手の写真の向こうに斉さんの影を探すようになったのは、時候の挨拶を織り込んだ手紙が幾度か交わされた後だった。

お義母さんとお義兄さんの三人家族で、若い頃から家計を助けるためにいろんな仕事をしたという。苦労してきた筈なのに表にはあまり見えなくて、それがまた斉さんらしいと私は思っていた。

筋骨逞しいというほどではないが、勤め先では机仕事だけでなく外回りもこなすだけあって、健康的な身体つきをしている。背もどちらかというと高い方に入るし、徴兵検査だって甲《こう》種で合格した。

穏やかで、でもお義母さんと同じく、強い意志の力を持っている。

安心して心身共に任せられる。

そんな人だった。

女学校は出たものの外で働いたことがなく、まだまだ世間知らずで至らない私は、今まで、ずっと斉さんに甘えっぱなしだったように思う。

守られているのが心地良く、また守ってもらえるのを当然のように思っていた。

「お父さん、元気かしらねぇ？」

私が訊ねると、安之はきょとんとした。どちらにも似ていてあたり前なのだが、男の子だけあって、どちらかというと、斉さんの面影が濃い。

「風邪を引いたりしていないかしら？」

小さな口から安之が笑みをこぼす。

「そろそろ、帰って来るかしら？」

目を細めて一層嬉しそうに笑う安之を見ていると、勇気が湧いてくる。

斉さんが帰って来ても……来なくても。

今度は私が安之を──塩野の家を、守っていくのだ。

私たち親子は、スミさん、俊之おじさんと共に、高野町で初めてのお正月を慎ましやかに迎えた。

電報が届いたのは、雪が解け、春の山菜が食卓に並ぶようになった頃。

二日後の夕方、電報を打った本人が、大通りでバスを降りた。

安之を抱いて迎えに出ていた私の目から、涙が溢れた。

目元をじわりと潤ませて、その人もそっと私の肩を抱いた。

……そうして一年と三ヶ月ぶりに、私と斉さんは再会を果たした。


オート三輪に揺られながら、安之は終始ご機嫌だった。

荷物の間で安之を抱いた私は、おしりが痛くならないよう、しばらく仕舞いこんでいた防空頭巾を荷台に敷いて座っている。

新緑の合間に見える空は快晴で、空気はすがすがしく、木陰の多い山道はまだ肌寒いくらいだ。風邪を引かぬようにと、斉さんが渡してくれた上着に包《くる》んだ安之を腕に、私は少しばかり意気消沈していた。

朝も早くから二宮家に行き、オート三輪を貸してもらった。

ご主人が無事復員し、先だってお店を再開した雛屋でお饅頭を詰めてもらい、私たち親子は竹矢《たけや》村に向かった。

安那ちゃんと楓さんが住む——山向こうの村である。

他言しないと約束したけれど、戦争も終わったことだし、私は斉さんにだけこっそりと、二人のことを打ち明けた。

竹矢村には一軒、塩野家縁《ゆかり》の家があるらしく、「親戚に挨拶がてら、その二人を訪ねてみようじゃないか」と斉さんが言い、車の都合で今日やっとそれが実現したのだ。

ところが、斉さんのはとこに当たるという越智《おち》さん曰く、村には安那という子供はいないという。

「楓ちゅうのは、藤田《ふじた》の息子じゃが……」

首をかしげながら越智さんが描いてくれた地図を頼りに藤田家を訪ねてみると、楓さんは留守だった。玄関先で写真を見せてもらって、私たちは越智さんが首をかしげた理由を知った。

「静岡で鉄道員をしとります」

誇らしげに藤田さんが持ち出してきた写真には、鉄道員の制服を着た二十四、五の、でも私の知っている楓さんとはまったく違った青年が写っていた。

「山向こうって、反対側のことだったのかしら」

「でもそうなると、高野町の更に先だろう？ 子連れで遊びに来られるような距離じゃないよ。着物なら尚更だ」

「そうねえ……」

もう一度、安那ちゃんに会える。斉さんも安之も紹介できる。

そう、胸を躍らせて来た私は、期待を裏切られてがっかりした。

斉さんが、そっと私の肩に触れた。

「そんなにしょんぼりするなよ。安之も変な顔をしているぞ」

「だって……」

「もともと、秘密にしてくれって言われたんだろう？」

「そうだけど……」

「君が言ったように、きっとどこかの御曹司《おんぞうし》だったのさ。お忍びで疎開中だったのかもな。とにかく……訳があったんだよ。何か、はっきり言えない理由が」

斉さんが諭すように言うのを聞いて、私は頷いた。

斉さんだけではない。復員してきた人は皆、いまだ多くを語らない。

きっとそれぞれに、語れない、語りたくない理由を抱えているのだ……

竹矢村で、町の人に頼まれたついでの用事をいくつか果たすと、斉さんは言った。

「せっかく車があるんだ。ぐるりと、山を回って帰らないか？」

山の反対側に、寄ってみたいところがあるのだという。

山裾をぐるりと回り、農道をがたごと揺られてしばらくすると、斉さんは道端に車を止めた。

安之を抱き上げて、私を荷台から降ろすと、山に寄り添うようにある、もう一つの小さな山の天辺を指して斉さんは言った。

「あの上だ。小さい神社がある筈なんだよ。子供の頃、何度か来たことがあるんだ」

安之を抱いたまま歩き出す斉さんの後ろを、私も続いた。

緩やかな細い道が、林の奥へと続いている。車を止めた向こうに、茂みに囲まれた一軒家が見えた。

「あら、あんなところにも家が」

「ここが本当の町はずれさ。あそこも僕が子供の頃は人が住んでいたが、今はどうなんだろう？」

長い石段を登って行った上には小さな鳥居があって、奥にはこれまた小さな社が鎮座していた。全体的に古ぼけているが、社と比べ、大きめで立派な鈴がなんとも可愛らしい。

鈴緒を揺らすと、しゃん！　と、気持ちの良い音がした。

心ばかりのお賽銭《さいせん》を入れて、拍手《かしわで》を打つ。

目を閉じ、じっと頭を垂れた斉さんの横で、私も手を合わせ頭を垂れた。

戦争も終わり、安之も無事生まれ、斉さんも帰って参りました。

もう二度と、戦争など起こりませんように。

これからは親子三人、一緒に、幸せに暮らしていけますように……

「あー」

安之の声に、私は顔を上げた。

斉さんに抱っこされたまま、あらぬ方向を向き、何やら下を指差している。

「なあに？」

虫でもいるのかしらと、何もない地面を見たら、こつんと、足が何かを蹴った。

私に蹴られてころころ転がったそれは、小さな石だった。

拾い上げて、まじまじと私はそれを見つめた。

丸い……まん丸と言ってもいいほどの、滑らかな小石。

去年の夏に、安那ちゃんが河原で探していたような……

よくよく見渡すと、お賽銭箱の横や、社の柱の下などにもいくつか、似たような小石が転がっている。

「なあんだ」と、私は顔をほころばせた。

あの二人も、ここへお参りに来たのね……

河原を駆け回っていた安那ちゃんの笑顔が思い出されて、私はほんのり温かい気持ちになった。

あの時分に、溌溂とした安那ちゃんと話すことが、どれほど救いになったことか。子供が子供らしくあることが、おなかの大きかった私に、どれほどの希望を与えてくれたことか……

「おおい。ちょっとこっちにおいで」

斉さんの呼び声に、私は急いで腰をかがめ、手のひらの小石をそっと、お賽銭箱の横へと転がした。

「どうしたの？」

斉さんが手招きした方へ行くと、社のはずれの、木々の切れ目から、遠くの高野町が一望できた。

「おうちはどこかしら」

「あの左の林の向こうだろう。ここからじゃ家までは見えないよ」

川と緑に囲まれた町は平和そのものだ。

柔らかな午後の陽射しの下で、町全体がうっすらとした光に包まれているように見える。

守られている、と思った。

小さな社だけど、ここに奉られている神さまは、この山の上から皆を見守っているんだわ……

それにしても、こんな隠れた神社を訪ねたということは、楓さんはこの辺りの土地に詳しい人間に思われた。あの二人はやはり、どこか近くに住んでいるのではないだろうか。

二人に会えずじまいだったことを改めて残念に思ったものの、こうして遠くに町を眺めていると、去年の夏が――安那ちゃんや楓さん、そして終戦が――ようやく過去になり始めたのを感じた。

「……東京へ帰ろうと思う」

しばらく黙って町を眺めていた斉さんが切り出した。

家の焼け跡は、更地にしたまま放置してある。実家は父が足を怪我した他は家族に大事はなく、病院は隠居を決めた父に代わって義兄が切り盛りしている。斉さんのお義兄さんは水戸ではないが、同じ茨城で勤め先を見つけたそうだ。

復員後、斉さんは無理をして二度東京へ帰っているけれど、安之と私はまだ終戦後の東京を見ていない。

東京はまだ、治安も食糧事情も悪いと聞いているけれど……

「社長の息子さんがね、今度は共同経営者として、一緒に会社を興《おこ》さないかと誘ってくれているんだ」

「まあ」

「この年で、一から始めるんだ。その……苦労をかけるだろうが……」

言いよどむ斉さんを見上げて、私は微笑んだ。

戦争は終わったけれど、この先もいろんなことがあるだろう。

焼け跡に戻り、新しく家を建て、会社を興し……苦しくてつらくて、泣きたくなるようなことが、きっと。

でもそれ以上に——楽しくて、美しくて、幸せなこともたくさんあるに違いない。

大丈夫。

私たちはきっと、大丈夫。

「帰りましょう」

「和……」

「大丈夫ですよ。三人で頑張れば、なんとかなりますよ」

ほっとした様子の斉さんに、「あー」と、安之も笑いかけた。


——終戦から一年。

八月も終わりになってから、私たち三人は高野町を後にした。

バスに荷物を積み込み、集まった人たちに頭を下げる。

「大変お世話になりました」

見送りの中には、スミさんと俊之おじさんはもちろん、育子さん、洋子ちゃん、たっちゃんを始めとする二宮家の面々もいる。

ご主人を亡くした育子さんは、焼け残っていた横浜の家を売り払い、二宮家の土地に新しく家を建てる予定だ。

「手紙を書くわ。落ち着いたら、是非いつか東京に遊びに来てちょうだい」

「和さんも。こっちはいつでも歓迎よ」

「あそびにきなはいや」

すっかり土地の言葉に馴染んだたっちゃんが言って、みんなが笑った。

バスに乗り込むと、斉さんが窓を開けてくれ、私は安之を抱いたまま乗り出すように外に手を振った。

「達者でのー」

「道中、気ぃつけやー」

口々にかけられる温かい言葉に、私の頰は濡れた。

「ありがとうございました。またいつか……ありがとう……」

涙で滲んでみんなの顔がよく見えない。

言葉に詰まった私を気遣うように、そうっとバスが走り出した。

私は慌てて涙を拭う。

「また、きなはいやー！」

一際《ひときわ》大きなおじさんの声が聞こえて、私も大きく手を振り返した。

ジッポと煙管

——1988年　冬

冗談じゃない。

感覚のなくなってきた足の指を、靴の中で折り曲げ確かめて、俺は再び歩き出す。

田舎とはいえ、道に迷った挙句に凍死となれば、全国紙なら総合面、地方紙ならトップに載ってもおかしくない。

冗談じゃない。

ニュースになるなら芸能面。

それ以外で恥をさらしてたまるか！

……と、俺一人がいくらきばったところで、現状はどうにもならないのだが。

俺は仕方なく、亀のようにコートの襟元に顎をうずめ、両手を脇に挟んで縮こまったまま、町へ向かう道を歩き続けた。

いや、正確には、「町へ続くと俺が信じている道」を、だ。

なんてこった……

今日は三十日。

明日は大晦日。

あさっては正月だぞ？

それなのに新年を迎えることなく、こんな山奥の田舎町で、俺の命は果てるんだろうか？

「もういいから、少しその辺を歩いて、頭を冷やしてこられ！」

怒鳴って、俺を外へ追いやった姉貴に腹が立った。

姉貴め。

俺が死んだら後悔するからな。

あの時ひどいこと言うんじゃなかったって、おふくろたちの前で泣くことになるんだからな。

——いや。

おふくろもおふくろ、兄貴も兄貴だ。

人が大枚はたいて久しぶりに帰省してみりゃ、顔見た途端に説教ときた。

「もう諦めろ」だの、

「とりあえずまともな仕事を探せ」だの、

「三十八にもなって、みっともない」だの……

つい今朝のことを思い出すと、苛立ちがよみがえる。

突然帰省を思いついて、バイト先から家に電話を入れたのは昨日の昼だ。

新幹線に乗る金はないから、新宿から夜行バスに乗って、朝も早くに岡山に着いた。

「あんたもう、こんな早《はよ》うから」

ぶつくさ言いながらも迎えに来てくれたのはおふくろで、なんだかんだ言っても、息子に会えるのが嬉しいのだろうと、俺は高をくくってた。

家に着くと兄貴はもう仕事に出た後で、朝食を終えたばかりの義姉と姪、甥の三人が俺を迎えた。義姉は「いらっしゃい」と笑って朝食を用意してくれたが、どちらも既に十代の姪と甥は、挨拶もそこそこに、そそくさと二階へと消えた。

簡単な朝飯を食って、ごろりと居間のソファに横になり——やれやれ、これから一週間は上げ膳据え膳だ。久しぶりに地元のやつらとでかけてみるか。いやいや、電話をする前にもう一眠り……という俺の目論見は、忘れ物を取りに帰ってきた兄貴によってぶち壊された。

「帰っとったんか」

ちらりと俺を見下ろした兄貴は、明らかに俺の帰省を歓迎していなかった。

「電話でそう言うたじゃろ。昨日が仕事納めだったけぇな」

「仕事いうても、アルバイトじゃろ？」

「バイトでも仕事じゃわ」

むっとした俺が言い返して、後はお決まりのコースだ。

短い言い争いが続いた後に、兄貴が怒鳴った。

「ええ加減にせえ！」

「ほっといてくれや！」

捨て台詞を吐いて、俺は実家を飛び出した。

思い返すと恥ずかしい。

「ほっといてくれ」なんて——ガキじゃあるまいし、どうせならもう少し気の利いた捨て台詞を残してきたかった……。

舌打ちして俺は頭を振った。

髪に積もった雪がはらはら落ちて、俺は現実を思い出す。

前髪をかきあげると雪煙の中に欄干が見えて、やがて橋の袂に出た。

さて、と。

この川を渡って来たことは確かだから——

橋は古い木造で、俺が渡って来たコンクリートの橋とは明らかに違うものだが、町が川向こうなことだけは間違いない。とりあえず向こう岸に戻ろうと、俺は橋を渡ることにする。

とにかく歩いていないと、寒くて仕方ない。

……まさかこんなことになろうとは、岡山を出た時は思いもしなかった。

引き止めもせず黙ったままのおふくろを置いて、バッグをつかんで家を飛び出した後、俺はまず地元の友達に電話してみた。が、高校時代に仲が良かった三人のうち、一番当てにしていた独身野郎は、今はかなり景気がいいらしく、ハワイに行っていて留守ときた。残り二人は既に家庭持ちなため、親類も多く訪ねて来る年末年始に、友達を泊める余裕はないと冷たい。

よほど東京へ帰ろうかとも思ったが、昨日の今日でそれはあまりにも癪《しゃく》だ。それに、家族持ちの、電話越しにも賑やかな様子を聞いて、なんとなく人恋しい気持ちになっていたのだろう。俺は少ない所持金の中から、四国行きの切符を買うことにした。

四国には、姉貴の嫁ぎ先がある。

それが俺が今、凍死の危険にさらされながら彷徨《さまよ》っている――高野町だ。

電車とバスを乗り継いで町へたどり着いた時は午後も遅く、どんよりと厚い雲が、しょぼい田舎町を更にしょぼく見せていた。

姉貴は俺より三つ上で、兄貴とは年子だ。年はそれほど離れてないが、姉貴は最年長だけあって面倒見がよく、小さい頃から、兄貴よりは俺のことを可愛がってくれていた。

晩婚だった。三十路になってすぐ、親父の友人が取り持った見合いで、一体どこが気に入ったのか、四国の農家へ嫁いでいったのだ。見渡す限り山か田畑という田舎ゆえに、姉貴の嫁ぎ先を訪ねたのは結婚式の一度きり。東京から弟がわざわざ訪ねて来たとなれば、今度こそ少しは歓待してもらえるだろうと思った俺は本当に甘い。

「いい大人のくせしてなぁ」

バス停に迎えに来た姉貴は、大仰に溜息をついた。手ぶらで現れたから、姪っ子二人にもそっぽを向かれ、義兄は苦笑を残し、舅《しゅうと》を連れて「寄り合い」とやらに出かけて行った。

「ほんと、気が利かんわ」

「土産は家に置いてきてしもうたんよ」と、俺は嘘をついた。

「嘘ばぁ言うてから。どうせ思いつきで帰ってきたんじゃろ。ウチに来る気だってなかったくせに。あーあ、東京土産とまでは言わんから、せめてウチから地酒の一本くらいくすねてくればよかったのに」

「そんな暇なかったんじゃって」

　実家はひいじいさんの時代からの酒屋で、じいさんの時代に一度潰れたが再興し、親父が亡くなった今は兄貴が継いでいる。地元の商店街の中にある、なんの変哲もない町の酒屋だが、地酒の品揃えが豊富で試飲もできるから、最近ではちらほら観光客も来るらしい。

　姉貴と話している間に、おふくろから電話が入った。どうやら姉貴は俺が駅から連絡した後に、おふくろに電話して事情を聞き、俺が来ることを伝えたらしい。

　今更なんだ、と、受話器を渡された俺はふて腐れた。

　おふくろは昔から、親父や兄貴――つまり家長――がいる前では口を挟まないが、小言も愚痴も陰でくどい。店を切り盛りしていただけあって外面《そとづら》はいいものの、中身は真面目で至って現実的だ。若いうちに転職を繰り返した高卒の兄貴よりも、大学出の俺の評価が低いのは、俺がいつまでも定職に就かないせいだろう。

金にならぬなら仕事ではない、と、おふくろは俳優業には初めから渋い顔だった。姉貴に睨まれ、初めのうちは神妙にしていたものの、「翔子の家に面倒かけるな」とか「手土産も持たずに非常識な」とか「あんたは昔から行き当たりばったりで」とかいうのを聞いているうちに我慢できなくなった。

俺はいつの間にか電話越しにおふくろに怒鳴り返し、叩きつけるように受話器を置いていた。

「頭を冷やしてこられ！」

般若《はんにゃ》のような顔をして、姉貴が俺を怒鳴りつけたのはその直後だ。

「……やれやれ」

俺は声に出して溜息をついた。

手をすり合わせて、息を吹きかける。それから再び脇に挟むと、俺は橋を渡った先に続く道を黙々と歩いた。

姉貴の家を出た時はただ肌寒いだけだったのに、しばらくして降り始めた雪はあっという間に吹雪になった。

山の天気は変わりやすいと聞くが、雪山登山ではないのだ。いくらなんでも、こんな平地で遭難はないだろう……と自嘲しつつも不安になってくる。

怒りに任せてずんずん歩いたせいで、道をほとんど覚えていない。

田舎町だから、姉貴の家くらい聞けばすぐに判るだろうと油断していた。道を訊こうにもまず人家が見当たらないときた。

いくら気に入った相手だったからって、こんな田舎に住んでて、一体何が楽しいんだろう。どうせなら、大阪辺りに嫁いでくれりゃよかったのに、などと、俺は八つ当たりに似たことをぶちぶち心の中で唱えた。

姉貴の台詞じゃないが、酒の一本もくすねてくるんだった。アルコールが入れば、少しは寒さをしのげるだろう。

いや、俺のことだから、酔っ払ってそれこそ凍死路線まっしぐらかな。

ばたりと雪の上に倒れた俺。降り積もる雪。

そこへお約束のように救援隊が現れ、「寝るな！　寝たら死ぬぞ！」……

待て。

どうせなら通りすがりの美女がいい。

「お願い！　目を覚まして！　眠ったら死んでしまうわ！」……

――なんて、俺、本当に三流役者だな。こんな時くらい、もう少し高尚なシーンを思いついたっていいだろう？

高尚っていうとなんだろうな……

シェークスピア？

「ブルータス、お前もか」

……違うな。

「生きるべきか死ぬべきか。それが問題だ」

……いやいや、このままでは、俺に選択肢はありませんから。

ふっと苦笑が漏れて、はっとする。

あれ？

俺、錯乱しかけてるのかな？

まずい。

これはかなりまずいんじゃないか？

慌てて一人芝居を頭から追いやると、改めて辺りを見回した。

大体、橋を渡ってまっすぐ来ちゃ駄目だろう。

あのまま川沿いを歩いて行くべきだったんじゃないか？

「……やれやれ」

俺はコートのポケットを探って、煙草を取り出した。

どうか、末期《まつご》の一本になりませんように。

使い古したジッポを指で弾《はじ》いた途端、炎の向こうにぼうっとした灯りが重なった。

――助かった！

俺は火つけずの煙草を慌てて仕舞い、灯りの方へ足を早めた。

「ごめんくださーい」

たどり着いた家は、白黒フィルムが似合いそうな、藁葺き屋根の、時代がかった一軒家だった。玄関は板の引き戸で、チャイムなんて洒落たものはついていない。灯りが漏れている小窓も、ガラスはなく格子枠だけである。

日本中、好景気でばんばん億ションが建ってるってのに、いまだにあるんだな。こういう――古き良き日本、みたいなの。

「ごめんくださーい」

二度叫んで、戸を叩くと、ようやく中で人の気配がした。すっと、戸が三十センチほど開いて、四十半ばくらいの、いかつい男が俺を見上げて睨んだ。愛想など欠片もない。眉間の皺と眼光に、そこらの親爺とは違う貫禄がうかがえる。

「うるさいな。大事な客が来とるんだ。帰ってくれ」

そのまま戸を閉めようとするのを、俺は慌てて止めた。

「待ってください。帰れるものなら帰りたいですよ。道に迷ったんです。ちょっと中に入れてもらえませんか？」

「なんだおめぇ、あっちのもんか？」

男はじろじろと、上から下まで俺を見てから面倒臭そうに言った。

あっちのって……余所者《よそもの》ってことか？

そりゃ俺は余所者だけど、と、内心むっとしたものの、ここで追い返されても困る。

「はあ……」

俺が曖昧に頷くと、「入れてやりなさい」と、男の後ろから声がした。

「帰りしな、私が連れて行きましょう」

「楓様がそう仰るなら」

男はしぶしぶ戸を開けて、俺に顎をしゃくった。男が「様」付けで呼んだもう一人の男は、二十代半ばのすかした若者だった。茶道か華道の家元みたいにぴしっとした着物でキメていて、それがまた似合っているのがなんとなく癪に障る。年上の男も和装だが、こっちは着古した着物に下は股引《ももひき》とカジュアルだ。

案内された部屋は「古き良き日本」を通り越して、「日本昔話」の世界だった。真ん中には囲炉裏《いろり》があって、これまた着物を着た女性と小さな子供が暖を取っている。ぱっと見、親子かと思ったが、どうも違うようだ。女性は小柄で三十代の、笑窪が男心をくすぐるたおやかな美人。傍らの子供も子役になれそうな整った顔をしているが、女性と似ているところがない。

親爺といい、若いのといい——一体どういう家なんだ?

しかも四人とも和服ときては、一人だけ洋服の俺は場違いとしか言いようがない。

時代劇のセットにでも迷い込んだ気分だ。

「ぼさっと突っ立ってんじゃねぇ。名乗るくれぇの礼儀はねぇのか」

男のぞんざいな台詞には腹が立ったが、俺も大人だ。自分の立場はわきまえている。

「鵜木次郎《うのきじろう》といいます。突然お邪魔してすいません。慣れない町なんで、ちょっと道に迷ってしまって……怪しい者ではありませんから」

コートのポケットから財布を出して、名刺を一枚取り出すと、ここで一番権力がありそうな「楓様」に差し出した。子供がたたっと駆け寄ってきて、俺を見上げた。

「おれは安那と申す。これは楓。あれは銀次《ぎんじ》。こっちは銀次の奥のお美野《みの》じゃ」

「安那様、この者は……」

名刺に目を通す「楓様」を待ちきれないといった様子で、「見せてたも」と、安那と名乗った子供は名刺に手を伸ばした。

美人のお美野さんとやらが、いけすかない銀次とかいう男の妻だというのも驚きだが、「楓様」が子供を様付けしたことはもっとショッキングだった。

古臭い言葉遣いといい、土地の名家の子供だろうか？

「なんと書いてあるのじゃ？」

名刺を片手に、子供が「楓様」を見上げた。

ガキが。

読めないくせに、見たがるんだよな。

「俳優、鵜木次郎。所属、町田《まちだ》ぷろだくしょん、劇団、てぃんかー・べる……」

口に出して読まれると、自分という人間がひどくちゃちなものに聞こえた。

「はいゆう？」

「役者のことでございますよ」

「役者となー　鵜木殿は役者であられるか！」

子供が目を丸くして俺を見た。どうやら、呼び捨ては免れたようだ。

「まあ……一応」

傍らでやり取りを聞いていた銀次が、ふふん、と鼻で笑った。

くそっ。

どうせ俺は無名だよ。

一応プロダクションには所属しているが、たまにくる仕事は台詞も一言二言の端役ばかり。劇団は、芝居好きにはそこそこ有名だけど、一般人は存在さえもまず知らない。その劇団でだって、別に看板しょってる訳じゃない。良く言って中堅ってとこだ。

が、子供にはそんなことは判らない。何か期待に満ちた目で俺を見ている。

「まあとにかく、火にあたったらどうですか？　表はさぞ寒かったでしょう」

お美野さんの優しい言葉に、俺はやっと囲炉裏端《ばた》に座ることができた。

「のう、鵜木殿」

「はい。ええと、安那……殿」

銀次がじろりと俺を睨んだが、いくらなんでもこんなガキを様付けできるものか。

大体、こっちを様付けしたら、必然的にそっちのすかした「楓様」も様付けしなくちゃならないだろう。「殿」という呼び方でさえ時代錯誤もはなはだしいが、郷に入っては郷に従え。ここは一つ、この家のやり方に倣うとしよう。

「ぷろだくしょんとは、何じゃ？」

「それは、ええと、役者の会社みたいなものだね」

「役者ばかりを集めた、口入れ屋のようなものかと」

楓殿が補足するのに、俺は内心ずっこけた。

口入れ屋ってお前、一体いつの時代だよ？

「ほほう。鵜木殿はそこで役をもらうのじゃな」

「そういうことになるね」

「てぃんかー・べるというのは何じゃ？」

「それはほら、『ピーター・パン』に出てくる妖精だよ。ウチの劇団はファンタジー調のストーリーをやることが多くてね。信じる心さえあれば空をも飛べるというスピリットで……」

宣伝口調で言いかけて――慌てて口をつぐんだ。

安那殿だけでなく、大人三人も、怪訝な顔で俺を見ている。

駄目だ。これじゃ通じない。

「ええと。『ピーター・パン』っていう外国の物語があってね。ティンカー・ベルっていうのは、それに登場する、羽を持つ……小人の名前なんだよ」

「ほほう。羽を持つ小人とな」

「うん。そのティンカー・ベルが振り撒く粉を浴びて、強く信じれば、空を飛べるようになるんだ」

「ほおお……！」

目をきらきらさせて、安那殿は続きをねだるように俺を見た。

「それでね、ティンカー・ベルの粉で飛べるようになった少女が……いや、待てよ」

そもそも迎えに来たのはピーター・パンの方じゃなかったか？

「始めから話すとだな……」

安那殿の期待に応えるべく、俺は頭をフル回転させて、このあまりにも有名な、でも大人になってからは滅多に思い出すことのない物語を思い出そうとしていた。

「ある晩、ロンドン——という外国の大きな街——に住む、ウェンディという少女の元に、空飛ぶ少年が窓から迷いこんできて……」


『ピーター・パン』を始めから終わりまで、小一時間も話しただろうか。

言葉を選んで話さざるを得ないから、どうしても身振り手振りが大きくなる。

日本では、いつの間にこんなに外来語を使うようになっていたのか。

テレビの普及で、全国的に標準語化が進んだと聞いたことがあったけど、日本の田舎は侮れない。ＮＨＫしか入らないとかのレベルじゃない。そもそも、この家にはテレビそのものが見当たらないのだが。

それどころか、もしかして、電気も……？

雪で外が明るいのと、囲炉裏端にいたせいで気付かなかったが、部屋の隅に置いてあるあの四角いのは、行燈《あんどん》とやらじゃないのか？

とすると、ここは日本のペンシルバニアだ。彼らは日本のアーミッシュだ。

そんなことを考えながらも、語るにつれて、つい『ピーター・パン』にのめり込んでしまった。

劇団に入った時にお義理で小説を読んだきりなのに、話し出すと意外に細かくストーリーを覚えている。また、子供ながらに安那殿が「おおっ」だの「なんと！」だの、いちいち新鮮なリアクションをくれるのが嬉しくて、こっちの語りにもどんどん熱が入っていった。

「……おしまい」

語り終えた俺の身体はすっかり温まっていた。

ほうっ、と、安那殿の口から吐息が漏れた。

「何やら、切ない幕切れじゃのう……」

「まことに……」と、お美野さんも胸を押さえた。

「冴えねえ野郎だと思ったが、なかなか語り上手じゃねえか」

銀次も聞いていたのか、離れたところから声をかけた。

口は悪くとも、銀次なりに褒めているらしく、悪い気はしなかった。

囲炉裏のある居間の奥には土間があって、銀次はそこで道具類に囲まれて、何やら作業をしていた。察するに、やつは何かの職人らしい。

「銀次の言う通りじゃ。役者だけのことはあるのう」と、安那殿はにこにこし、

「私も、楽しませていただきました」と、楓殿まで微笑んだ。

「お茶を淹れなおしましょう」

台所へ立つお美野さんの背へ、銀次が声をかけた。

「こっちももう仕舞いだ。一本、つけてくれ」

居間へ上がってきた銀次は、うやうやしく、両手に包んできたものを安那殿に差し出した。銀次のごつごつした大きな手の中に納まっていたのは、直径五センチくらいの、細かく美しい模様の入った金の鈴で——どう見てもメッキではなさそうだった。

安那殿はひょいと、銀次の手から鈴を取り上げると、小さな手のひらの上でしげしげと確かめた。

「うむ。さすが銀次じゃ」

鈴についている紐を手繰り、安那殿は鈴を振った。

しゃららん。

玉を転がすような、とはこういう音だろうか。思ったよりも、ずっと軽やかで透き通った音が辺りに響く。

鈴にも名器があるとしたら、これがまさにそうだ。

見た目が美しいだけではない。鈴の音など、これまではただうるさいだけだと思っていたのに、音が駆け抜けた瞬間、目の前に凪ぎの海が広がったかのような安らかな開放感を感じた。

「すっかり元通りじゃ」

しゃん、しゃん、と、安那殿は嬉しそうに鈴を振り回した。

「鈴緒まで、ほれ、新しいものに」

「そのように振り回していては、また銀次の手を煩わせることになりますよ」

「判っておる」

楓殿の注意にえらそうに応えて、安那殿は満足げにそれを着物の袂に仕舞った。

「銀次……さんは、鈴屋さんなんですか？」

おずおずと、俺は訊いてみた。

「阿呆が」と、銀次はまたもや鼻を鳴らして——今度は苦笑した。莫迦にした様子だが、嫌な感じはしなかった。

「銀次は鋳掛屋《いかけや》なのです」

楓殿が代わりに応えた。

「イカケヤ？」

「鋳物《いもの》の修繕をする者です」

「イモノ？」

「鋳造《ちゅうぞう》された物のことです」

「チュウゾー？」

これじゃまるで俺は、さっきの安那殿と同じじゃないか。

「このど阿呆が」と、銀次が今度は呆れ声で言った。

「……鍋や釜などが良い例でしょうか」

辛抱強く楓殿が言うのを聞いて、俺はようやく漢字を思い浮かべることができた。

それって鍛冶《かじ》屋とは違うんですか？　と訊き返そうとして……思い直した。またしても銀次に「阿呆」と言われることは目に見えている。

「銀次はな、稀代《きたい》の名工なのじゃ。鍋や釜はもとより、金銀の細工物も、銀次の手にかかれば、あっという間に元通りじゃ」

「安那様。勿体ないお言葉にございます」

「なるほどなあ……」と、俺は納得した態《てい》を装ってつぶやいた。

このヒエラルキーにはイマイチついていけないが……

「さあさ、どうぞ」

戻ってきたお美野さんの盆には、徳利に猪口《ちょこ》が三つ、椀が一つ載っていた。

「安那様にはお汁粉を温めて参りました」

「ほほう。それは嬉しいのう」

両手で椀を受け取ると、安那殿は目を細めてにっこりする。

「安酒ですが、楓様もご一献」と、銀次が勧める。

「いただきましょう」

楓殿が口をつけるのを見てから、残り二つの猪口に酒を注ぐと、銀次は口調を変えて、俺に顎をしゃくった。

「おめぇも一杯やりな」

「はあ、どうも」

これでも一応酒屋の息子。唎酒師《ききさけし》には及ばないが、酒の味にはうるさい方だ。安酒と銀次は言ったけれど、どうしてどうしてなかなか旨い。

「のう、鵜木殿」

「はい、安那殿」

杯を重ねると酒が回り始めたのか、俺も調子づいてきた。

「おれもな、いつぞや京で芝居を観たことがあるのじゃ」

「ほほう、それは一体なんの？」

ふふっ、と、安那殿はいたずらっぽく笑った。

「——銀次、煙管《きせる》を貸してたも」

「へえ……」

銀次が訝しげに、煙草盆に置いてあった銀の煙管を安那殿に差し出した。俺には骨董関係の知識はないが、先ほどの鈴と同じくらい見事な細工が施されている。

何ごとが始まるのかと、大人四人が見守る中、安那殿は煙管を指に挟み——重くて挟みきれず、ずり落ちるのを手でつかんで——だん！　と、片膝を立てた。

「やあ！　絶景かな、絶景かな」

聞いたことのある台詞……

これは……あれだ。

「春の眺めは値《あたい》千両とは、小せぇ、小せぇ……」

天下の大泥棒……

「石川五右衛門《いしかわごえもん》」

つぶやくように俺が言うと、安那殿は「うむ」と小さく頷いた。

「……この五右衛門の目から見れば、値万両、万万両。陽も西山に傾きて、雲とたなびく桜花、茜輝くこの風情……」

可愛らしい声で、朗々と台詞を紡ぐ安那殿を見ていると、酔いも手伝ってか、なんだか愉快な気持ちになってきた。

「はて、うららかな眺めじゃなあ……」

「成駒屋《なりこま》ッ！」

ノリで俺が大向こうの真似をすると、安那殿は嬉しそうに言った。

「おれは鈴守なのじゃ」

「鈴守屋ッ！」

「聞いたか、楓？　おれは鈴守屋なのじゃ」

ふふふっ、と、はしゃぐ安那殿に、大人たちの顔もほころぶ。

「鵜木殿は、歌舞伎にも造詣が深くていらっしゃる？」

「これは有名だから……歌舞伎は実はさっぱり」

意外な顔をして訊ねた楓殿に、俺は素直に応えた。

歌舞伎の中では短いけど華やかだから、随分前に「後学のために」とかなんとか言いながら、劇団仲間と観に行った。その後、仲間とふざけて台詞回しを真似たりしたから、なんとなく覚えているだけだ。

「こう、ぴゅーっと鷹が飛んで来ての」

安那殿が煙管をつかんだまま、腕を広げて鳥の真似をしてみせる。

「そうそう。布をくわえてるんだよな」

「あれは着物の袖なのじゃ」

「よく知ってるなあ」

長々とした台詞もそうだ。もしかしてこのおぼっちゃまと楓殿は、実は梨園《りえん》関係者なのだろうか？　だとすると、二人の時代がかったふるまいも、まあ判らなくもない。

「こうな。ごおっと山門が持ち上がっての」

両手を挙げてその様子を説明する安那殿に、銀次やお美野さんはにこにこと、驚いたり、頷いたりしている。

「巡礼が現れての。歌を詠むのじゃ」

「そうそう。ええと、あの有名な」

なんだったかな？

記憶を必死にたどる俺を横目に、安那殿は得意げに助け舟を出した。

「石川や、浜の真砂《まさご》は尽きるとも」

「……世に盗人の、種は尽きまじ」

下の句で声が重なって、俺と安那殿は互いを見やって笑みを交わした。

「うむ」

満足そうに頷いて、安那殿は続けた。

「それでな。怒った五右衛門がこう、小柄《こづか》をぴゅっと」

と、投げるふりをした安那殿の手から、煙管がすっぽ抜けて、俺の方に飛んできた。

「うっ」

胸を打たれて、俺はばたりと倒れ伏した。


子供の頃から、映画が好きだった。

実際に映画を観に行けるほどのこづかいはなかったが、親父が映画好きで文化人を気取っているところがあったおかげで、俺もたまにお伴させてもらえた。

商売をしてたといっても、子供三人を養いながらだったから、それほど経済的な余裕があったとは思えない。俺の記憶の中では、映画を観に行く親父はいつも同じ格好をしている。薄いベージュのスーツに、揃いのソフト帽。あれが、たまに店をおふくろに任せて外に出る時の、親父の精一杯の「粋《いき》」だったのだろう。

映画館では、誰もが一度は夢見るように、俺も銀幕上の自分をよく想像した。しかしそれはあくまでも夢の域であって、高校までの俺はどちらかというとシャイだった。

今の家庭持ちの姿からは想像できないが、しっかり者の長子の姉貴に反発してか、兄貴は若い時、いわゆる不良だった。地元の下から二番目の公立高校を落第スレスレで卒業し、そのまま地元で就職をした。そんな兄貴が反面教師となって、俺はおとなしく育ったのだと思う。

「進学してもいい」と親父に言われた時も、三流だけど東京の大学に合格した時も嬉しかった。上京したからには少しは度胸をつけようと、映画研究部ではなく演劇部に入ったのがきっかけで、今に至る。

初めはそろそろと、慣れてくると、「なりきる」ことが面白くて仕方なくなった。

俺一人の一生なんぞたかが知れてるが、役になりきることで、それこそ千差万別の人生を味わえる。台本にない細かな設定まで自分なりに想像して作り込んでいくと、ある時点で、ふっと、役とぴったり重なる時が来る。役にシンクロしてから離れるまで、この感覚はいつも、明快で深い充足感を俺に与えてくれる。

好きこそ物の上手なれ、とはよく言ったものだ。学科の成績はイマイチでも、芝居や映画関係の記憶力には自信があった。役作りのために仕入れた歴史や専門の知識は時間を経ても覚えているし、今まで本番で台詞を忘れたことが一度もないのは、俺の役者としてのささやかな誇りだ。

――そんなこんなで、大学で演じる楽しさを知ったのはよかったが、時は学生運動全盛期だった。

当時の思想に影響を受けなかったと言えば嘘になる。しかし、演劇よりも運動に熱くなるほどの情熱を、俺は政治に対して持っていなかった。先輩の中からは逮捕者も出たが、先輩を立てて運動に参加した俺のような下っ端部員は大事に至らず、なんとか無事に卒業はしたものの、肝心の演劇には打ち込めなかったために、学生時代の演劇部は燻《くすぶ》った想い出となった。

在学中の消化不良が手伝って、卒業後は社会人劇団「モカマタリ」に入団した。運良く就職した車の代理店は、都心から離れていたことと、演劇との時間が折り合わず、一年ともたずに辞表を出した。

不景気だったが、貧乏暮らしは仲間内では珍しくなく、むしろ役者修業の一環と見なされていて、皆どことなく誇らしげでさえあった。

やがて、徐々に景気は上を向き、一人二人と、かつての仲間が脱落していく中、俺は転々とバイトを変えながら演劇を続けた。

まだ若かった。

夢を諦めるには早過ぎたし、次々と違う役にチャレンジするのが楽しくて、普通に就職しようなんて考えもしなかった。

二十七歳の時に、二つ年上の今のマネージャー、八坂秀雄《やさかひでお》にスカウトされて町田プロダクションに入った。「熱意は買うが、考え過ぎで表現力が乏しい」と座長から評されていたその頃の俺に、「テレビや映画にも出た方がいい」と勧めてくれたのがヒデさんだ。

「次郎さんの表現はね、静かなものほどいいんです。そういう良さは、舞台ではちょっと伝わりにくいかもしれません」

ヒデさんの言葉で、映画への憧れがよみがえった。

翌年、たった二回の出演だったが、テレビのミニシリーズの端役をこなして、その後もちらほらと仕事が回ってくるようになった。映像に出るようになってから、「方向性の違い」というやつで、「モカマタリ」を離れ「ティンカー・ベル」に移籍した。

軌道に乗ったように見えたのは最初の二年だけで、後は鳴かず飛ばず。

三十になってすぐ、親父がガンで急逝した。

「大学まで行かせてやったのに」と、口では文句を言いながらも、多少は自慢に思ってくれていたようだ。遺品を整理中に、知り合いに頼んで録画してもらったという、俺が出演した番組の、今ではもうあまり見かけないベータテープが押入れから出てきた時には、思わず目が潤んだ。親父もかつては俺と同じように、映画を観ながら、スターになった自分を想像していたのかもしれない。今はぺーぺーの息子がいつかいっぱしの役者になることを、どこかで夢見ていてくれたのだろう。

成人してすぐに結婚して家庭を築いていた兄貴は、親父の死後、それまで経営していた新聞代理店を人に譲り、店を継ぐために家族を連れて実家に戻った。俺の生活に関して、兄貴が口うるさくなったのはそれからだ。

月に一、二度、くるかこないかの仕事ではとても食べてはいけない。劇団はかろうじて黒字といったところで、役者にまではとても金が回ってこない。

が、選ばなければ、アルバイトの口ならいくらでもあった。

割りが良くて融通を利かしてくれるから、この数年は同じ運送業者で働いているけれど、四十も近いとなると体力的にも結構しんどい……

「もう諦めろ」

「とりあえずまともな仕事を探せ」

「三十八にもなって、みっともない」……

兄貴に言われてあんなにも腹が立ったのは、それが俺自身の内なる声でもあったからだ。

最近は映像の仕事もあまりない。たまに声がかかっても、バラエティに挿入する再現ドラマや、台詞のほとんどない、通行人に毛が生えた程度のものばかり。

「……こんなのじゃなくてさあ、もっと普通のドラマとかさあ……」

俺が愚痴ると、ヒデさんは人差し指でこめかみをかく。

「すみませんねぇ……次はもっといいの取って来ますから」

謝る必要なんかまったくないのに、ヒデさんはいつも腰が低い。

町田プロダクションは弱小で、社長は実はヒデさんの別れた奥さんだ。「若気の至りだったわ」というのが社長のヒデさんに対するコメントで、でもヒデさんがマネージャーでいてくれるからこそ、俺はまだクビにならずにいるのだと思う。

十年――いや、十五年前ならまだしも、トレンディドラマなんか、今更無理だ。

いや……若くても駄目だったのかもしれない。

所詮俺には、役者として生きていく才能も運も、なかったのかもしれない……

「大丈夫ですよ。そのうちね、次郎さんの名前がこう、バーン！ とクレジットに入る日がきますから。僕の目に、狂いはありませんから」

眼鏡で痩せぎすのヒデさんは、見た目も言うこともこの十年変わらない。

よく言うよ……と、呆れながらも、俺はヒデさんに励まされてきた。

ヒデさんの言葉を、信じていたかった。

しかし……

「キツイだろう」

昨日の昼休み、バイト先の新谷《あらや》社長からそう声をかけられた時、どきりとした。

「どうだ。よかったら社員にならんか？　君は大学出だし、真面目で機転が利く。何かとうるさい連中もいるだろうから、半年パート扱いで、それから正社員でどうだろう？　社員になったら、余程のことがない限りトラックに乗らなくて済むぞ。考えてみてくれ」

そうしようか。

気持ちが揺れたら、急に家が恋しくなった。

決めた訳ではなかったけれど、なんとなく「そうなるのかな」という気がしていた。

「好景気」とか「売り手市場」とか言われていても、三十八の俺にはあまり後がない。これを逃したら、正社員の口などもう見つからないかもしれない。

……でもなあ。

「鵜木殿、鵜木殿」

安那殿が小さい手で、俺を揺さぶる。

「起きてくだされ、鵜木殿……」

「安那様、いけません。卒中かもしれません」

銀次が安那殿を止めたようだ。

「動かぬのじゃ。どうしたらよいのじゃ」

安那殿の声が慌てている。

……やめたくねえなぁ……

「鵜木殿、鵜木殿、返事をしてくだされ……」

「お前様、お医者様を」

震えるお美野さんの声に、銀次の声が重なる。

「わっしがひとっ走り、柳庵《りゅうあん》先生のところへ行ってきやしょう」

これからも、役者でいてえなぁ……

「鵜木殿……」

涙ぐんだ声がして、これはまずいと、「ぷはぁっ」と、俺は止めていた息を大きく吐き出した。身体を起こして、今にも泣き出しそうな安那殿に微笑む。

「はい、安那殿」

傍らで、銀次が拳を振り上げた。

「この……ど阿呆が！」

びっくり顔の安那殿は、俺を見つめてぱちぱちと瞬きをした。

「う……鵜木殿？」

「はい」

「そのう……大事はないか？」

「ありません。死んだふりにございますれば」

「死んだふり、じゃと?」

「はい。まあ、その、悪い癖のようなもので」と、俺は頭をかいた。

「ど阿呆が!」と、銀次は吐き捨てるように再び言ったが、どこかほっとした顔をしている。

「驚かせて、申し訳ありませんでした」

俺は両手をついて、精一杯丁寧に謝った。

「……なあんじゃあ」

安那殿は涙を引っ込めて微笑んだ。

「すっかり騙されてしもうた!」

「まこと、心ノ臓に悪うございます」と、お美野さんは胸に手をやった。

「どうもすみませんでした」

俺は再度、頭を下げた。

楓殿だけは、見抜いていたようだ。この、年の割に落ち着いた男は、俺と目が合うと、口の端を上げて小さく苦笑してみせた。

「ふふふ。死んだふりとはよかったのう……」

くすくす笑う安那殿に、楓殿が静かに言った。

「安那様。煙管をぶつけたのは安那様でございますよ」

「うむ」

頷いて安那殿は俺と同じように、両手をついた。

「すまぬ。許してたも」

「こちらこそ」

「煙管を銀次にお返しなさいませ。煙草が吸えなくて、銀次も困っておりますよ」

安那殿は落ちていた煙管を急いで拾うと、銀次へ差し出した。

「銀次、すまぬ。わざとではなかったのじゃ」

「判っておりますよ、安那様」

「煙管は無事かのう……？」

「大丈夫ですよ。この通り」

両手の指でくるりと煙管を回すと、煙草盆を引き寄せ、銀次は煙管に煙草を詰めた。

その様子が職人らしくキマっていて、悔しいが格好いい。

ぷかり、と、銀次が煙草を吹かすのを見て、俺も一服したくなる。

「俺も、相伴《しょうばん》させてください」

コートから煙草とジッポを取り出して、銀次の横に座った。

ジッポの蓋を指で弾いて火をつけると、銀次が「ほう」と、目を見張った。

「面白《おもしれ》ぇもん、持ってるじゃねえか」

「見せてたも」

安那殿が興味津々で寄って来るのを、楓殿がたしなめた。

「安那様」

「見るだけじゃ」

さすがに火遊びは禁じられているらしい。

「見してくんねぇ」

差し出された銀次の手にジッポを預けると、銀次はしげしげと眺め、蓋を開けて、点火しては蓋を閉める、という動作を数回繰り返した。

安那殿は食い入るように銀次の手元を見つめている。点火された火にそろりと手を伸ばしかけて、楓殿にたしなめられる。

「安那様」

「見ておるだけじゃ」

楓殿を振り返って、安那殿は口を尖らせた。

「ふうん。こんなところに石を入れてるのか。この油はなんだ？　嗅いだことのねぇ臭いだな」

職人らしく、銀次は角度を変えて検分している。

「嘴《くちばし》の長い鳥じゃの」

ジッポに施されたレリーフを見て、安那殿が言った。

「ペリカンですよ」

「ぺりかん?」

「鵜《う》の字はもともと、こいつを指していたそうで」

「なるほど。鵜木殿の鵜とかけている訳じゃな」

納得したように、安那殿は頷いた。

「……なあ、おい。こいつを俺にくれねぇか?」

しばらくジッポで遊んでいた銀次が言った。

「え?」

「ただとは言わねえ。こいつと交換でどうだ?」

カン! と、灰を落とすと、銀次は煙管を差し出した。

おそらく純銀。羅宇《らう》には桐に鳳凰《ほうおう》が彫りこまれていて、そのディテールたるや、素人の俺が見ても溜息が出るほど美しい。

一瞬、ふらりと手が伸びそうになったが、すぐに思い直した。

「いや……やめときます」

「そうか?」

「俺には不相応だし……そいつはいただき物なんです」

例のミニシリーズ――初めての台詞のついた役――が決まった時に、ヒデさんがお祝いにくれたものだった。鵜の字がペリカンを意味しているというのも、その時のヒデさんの説明で知った。「どうせなら、もっと格好いいのをくれりゃよかったのに」

と思いながらも、以来十年、愛用しているライターだ。

仕事が上手くいった時も、駄目だった時も、こいつと一服する度にヒデさんの言葉を思い出す。

そのうちね、次郎さんの名前がこう、バーン！　とクレジットに入る日がきますから……

「女かい？」

いたずらそうに銀次が訊くのに、俺は苦笑した。

「残念ながら。くれたのはマネージャーです」

「まねーじゃ？」と、安那殿が俺を見上げた。

「仕事仲間ですよ。大切なパートナー――つまり、相棒なんです」

「ほう」

「それじゃあ、悪《わり》ぃな。大事にしねぇ」

「すみません」

銀次が差し出したジッポを受け取り、俺はポケットに仕舞った。

「……どうやら、雪がやんだようですよ」

楓殿が立ち上がって微笑んだ。

銀次とお美野さんに礼を言い、俺は楓殿、安那殿と一緒に外へ出た。

暮れ始めた曇り空だが、うっすら積もった雪のおかげで、どことなくまだ明るい。

「だるまを作るには足りぬのう……」

「そのうち、嫌でももっと積もりますよ」

楓殿がおんぶしようと言うのを断固拒否した安那殿は、この寒いのに、辺りを見回し楽しそうだ。あちこち歩き回ろうとするのを、つないだ楓殿の手が阻む。

子守も大変だ。

「おうちはどちらですか？」

楓殿が訊ねた。

「ええと、高野町の六郎原《りくろうばら》っていうところにある、日野《ひの》って家です。そこに姉が嫁いでるので。判りますか？」

「六郎原なら判ります」

「姉御を訪ねて参られて、迷子になられたか」

迷子などと、それこそ子供の安那殿に言われると恥ずかしい。

「ええ、まあ」

「こちらで年を越されるか？」

「……いや、明日には岡山に帰ろうかと」

おふくろに謝ろう。

兄貴にもちゃんと話をしてみよう。

酔いは残っているが、なんとなく吹っ切れた気がして、俺はそう決心していた。

「母と兄が岡山なので」

「ほほう。それは楽しみじゃのう。母御も、鵜木殿に会えるのを楽しみにしておられような」

「ははは、どうかなあ……」と、俺は苦笑するしかない。

「おれも再来月の正月が楽しみじゃ」

「は？」

「私どもはこちらでいう、旧正月を祝うのでございます」と、楓殿が付け足した。

「はあ、なるほど」

「晦日前に里帰りしての。母上や兄上、姉上にお会いするのじゃ。そうじゃ、そろそろ土産の手配りをせねばならぬのう」

「さようでございますね」

「あれ？　ということは、家族とは一緒に住んでいないの？」

「うむ。普段は楓や他の用人《ようにん》と共に暮らしておるのじゃ。それゆえ、皆に会えるのが今から至極楽しみなのじゃ」

「ふうん」

名家のお家の事情ってやつかな。しかし、子供ながらに土産のことまで考えてるなんて、俺の立場がますますなくなるではないか。

……明日は俺も何か、土産を持って帰ろうか。

「この辺の名物ってなんですかね？　その、何か土産になるような」

「名物、ですか？」

楓殿が小首をかしげる下から、安那殿が弾んだ声で言う。

「それならば、雛屋がよい」

「雛屋？」

「うむ。ここらで一番旨い菓子屋じゃ。あんこは、京の老舗にも負けぬ味ぞ」

「へぇ……」

「……何やら饅頭が食べたくなってきたのう」

人差し指を口に、安那殿がねだるように楓殿を見上げる。

「先ほどお汁粉をいただいたばかりではありませんか。帰ったらすぐに夕餉の支度をいたします」

「夕餉はよいから、饅頭が食べたいのう……」

「言っておいでなさい」

楓殿は取り合わない。

やがて俺が渡ってきた木造の橋が見え、その手前を折れて少し行くと、俺が行きに渡ったコンクリートの橋が見えてきた。

「なんだ。もうちょっと歩けばよかったのか」

「覚えがありますか？」

「うん」

「もう少し先に、大きな柳を植えた屋敷があります」

「そうそう。そうだった」

「その屋敷の前を折れて道なりに行かれますと、大通りでございます」

「国道だね。思い出したよ。——あなた方の家は？」

「あちらの方に」

そう言って楓殿が指差したのは、町とは反対側の、川向こうに見える山の方だった。

「そうだったのか。悪いことしたなあ。国道まで出ればなんとなく判りますから、もう大丈夫です」

「そうですか。それでは、私どもはここで」

「鵜木殿」

安那殿がきゅっと両手で俺の手を取った。俺がかがむと、にっこり微笑む。

「楽しいひとときであった。名残《なごり》惜しいのう」

「こちらこそ」

「またいつか会えるかのう」

「ええ、そのうち……また」

「母御と良いお年を、な」

「鵜木殿、良いお年を」と、楓殿も小さく会釈する。

「ありがとう。お世話になりました。お二人も、良いお年を迎えてください」

橋の袂で二人と別れて、俺は国道を目指し再び歩き出した。

ぽっ、ぽっ、と、身体に暖かい力が湧いてきて、もう寒くはなかった。

やめなくていいように。

役者として生きていけるように、やるだけやってみようじゃないか。

「次郎！」

国道の方から姉貴が呼ぶ声がした。

「姉貴」

小走りに国道へ出ようとしたら、足がもつれた。

あれ、今になって酒が足にきたかな……

「あんたはもう……あら、どしたん」

小言を言いかけた姉貴がうろたえる。

がくんと目蓋が下がり、強烈な睡魔が俺を襲った。


目覚めて時計を見たら、既に昼過ぎで、俺は慌てて飛び起きた。

「ちょっと……起きて、大丈夫なん？」

台所にいた姉貴がびっくりして訊いた。

たっぷり寝たから、気分爽快、元気倍増、頭もすっきり、だ。

俺がそう言うと、姉貴は今度は呆れた顔をした。ほろ酔いで眠り込んでしまっただけと思っていた俺は、あれから一晩、高熱を出して大変だったのだという。

「お医者さんにも来てもらったんよ」

「そりゃ……迷惑かけて、ごめん」

俺が素直に謝って頭を下げると、姉貴は文句を言いながらも、残っていたご飯で茶漬けを出してくれた。

子供たちは出かけたらしく、居間では義兄とお舅さんが黙々と障子を張り替えている。姉貴が嫁いで来る前にお姑《しゅうとめ》さんは亡くなっていて、昨日は大掃除、今日はおせち作りと、姉貴は大忙しだ。「元気なら手伝《てつど》うてや」と言う姉貴に、俺はうつむいた。

「あの、悪いんじゃけど……」

今日中にまた岡山へ帰ろうと思う……と、俺はぼそぼそと切り出した。呆れ返って小言を繰り出してくるだろうと思った姉貴は、俺の予想に反して、「そう」と、ただ頷いた。

「お母さんも太一《たいち》も、あんたのこと心配してるだけなんよ」

「うん。帰って、ちゃんと謝ろうと思っとる」

「それがええわ。お母さんも、昨日のこと気にしとると思う。こんなままじゃ、いい年を迎えられんもんな」

「うん。……でも俺、仕事は辞めんよ」

仕事イコール役者のつもりで言ったが、姉貴にも通じたようで、苦笑しながらも反対はしなかった。

「あんたの人生じゃもん。好きにせられ」

嬉しいことを言ってくれる。そう思うと同時に、きゅっと胸が締めつけられた。

「……姉貴はどうなん？」

高校を出て十年以上、実家の店を手伝っていた。兄貴は高校卒業と同時に、遊び仲間の紹介で飲食店へ就職して家を出たから、俺はずっと、姉貴が婿を取って家を継ぐのだと思っていた。なのに親父が勧めたとはいえ、こんな田舎に嫁いで……まるで、兄貴に家を明け渡し、親父と兄貴の仲を取り持つような……

そんなことを俺がしどろもどろに、居間の二人に聞こえないよう小声で言うと、姉貴はびっくり顔で俺を見て、やがて笑い崩れた。

「もう。あんた、考え過ぎじゃわ。好きにせられぇって、お父さんも言うたんよ」

私にも、太一にも、と、姉貴は言った。

店は継いでも継がなくてもいい。どうせ一度は潰れた店だ。俺が隠居するまでは酒屋だが、後は好きにしろ——本心はどうであれ、そんな風に言っていたらしい。

結果、姉貴は見合いで気に入った相手に嫁いで家を離れたし、兄貴はいろんな職を転々とした挙句にやっぱり酒屋を継ぐことにした。

「あんたを無理して大学に行かせたんも、あんたが出来る子じゃったからゆうだけじゃのうて、私が婿をもらうんにしても、太一が家に戻って来るにしても、あんたには多分、家も店も回らんじゃろうって、お父さん思っとったんじゃないかなぁ」

親心じゃねぇ……と、一人で納得したように頷く姉貴に、俺は内心むくれた。

俺一人だけ、我が道を行くなんてえらそうにしてきて……莫迦みたいじゃないか。

そのくせ、今頃弱気になって、家族の顔を拝みに来たりして……

甘いなぁ、俺は。

まったく、甘い。

料理を続ける姉貴の背を見ながら、ぽつぽつと、しばらくいろんな話をした。

親父の想い出話から、おふくろのこと、兄貴のこと、この町での生活のことなど、とりとめなく話をしながら、姉貴の淹れてくれた茶をすする。

こんなに長く真面目に姉貴と話すのは初めてで、気恥ずかしくも悪くはなかった。

「……太一にしたら、お母さんは元気じゃし、店も順調、家庭は円満。唯一の悩みが、先行き不安の弟じゃな」

「うるせぇわ」

「あんたも男じゃし、自分一人の食い扶持《ぶち》くらいなんとかするじゃろうって言うとんじゃけどなぁ。太一はあれで、お母さんに似て心配性じゃから」

やっぱり、家族につらい想いはして欲しくないじゃろう？　と、姉貴は笑って言ったけど、その言葉は身に染みた。

挑戦するのは自分の勝手、失敗しても自分の責任、と思って肩肘張ってきたけれど、俺は天涯孤独じゃない。挑戦する怖さも、失敗した時の痛手も、レベルは違えど家族と共有しているのだということに、四十近くになって俺はようやく気付いた。

「あんた、帰るなら、お母さんに電話せにゃあいけんよ」

思いついたように言って、姉貴が家に電話を入れた。途中で、「代わる？」と目で訊いた姉貴に、大人気ないと思いながらも、俺は首を振って断った。

おふくろでも兄貴でも、電話越しはまずい。今度はちゃんと、顔を見て話さないと。この先どうなるか判らないが、今はまだ諦めたくないんだってことを——理解してもらえないかもしれなくとも、家族だからこそ——ちゃんと話しておきたい。

受話器を置くと、姉貴はばたばたと、バスの時間や電車の乗り継ぎを調べてくれた。

大晦日で本数は少ないが、三時過ぎのバスがあるという。

それなら、と、俺は思いついて、車を借りることにした。

「ちょっと、地図描いてや」

「また迷子になっても知らんよ」

「だから地図を描いてや。ええと、雛屋っていうお菓子屋と、鈴守さんち」

「鈴守さん？　ちょっと遠いよ？」

「だから車がいるんじゃやって。昨日のお礼に行くんじゃから」

「昨日のお礼？　それよりも、雛屋さん、今日開いてたかなぁ？」

「いいから早く」

広告の裏に姉貴が描いた地図と、軽トラのキーを受け取って、俺は外へ出た。

国道沿いにある雛屋はすぐに見つかった。店は閉まっていたが、大掃除中らしく、表にいた女の子が奥さんを呼びに行ってくれた。奥さんが出てきて、生菓子はないが、少し日持ちのする箱詰めの饅頭ならいくつか残っているという。

「じゃあ、二箱――いや、三箱ください」

奥さんが気遣ってお歳暮用の熨斗《のし》をかけてくれ、袋を受け取った俺は再び軽トラに乗り込み、地図を見ながら田舎道を走った。

薄くなった雲の合間からは太陽が覗いていて、安那殿には悪いが、昨日の雪はすっかり解けている。

地図に描かれた通りに行くと、やがて茂みに囲まれた一軒家が見え、その先に山へと続く細い道があった。車だと町から十数分だが、歩いたらかなりの距離だ。

というより、この更に先に家なんかあるのだろうか？

でも、姉貴も知ってたし……

俺は車を降りて、地図と饅頭の箱を手に細道をたどり始めた。

石段はきついが、バイトで鍛えているから体力はある方だ。

それにしても、芦屋といい、ビバリーヒルズといい、金持ちが眺めのいい高台に家を構えたがるのは判るけど、何もこんな不便なところに住まなくたって。

やがてたどり着いたのは、やけにちんまりした神社だった。俺が想像していたような、名家のお屋敷など影も形もない。

「あれ？」

地図を確かめるが、姉貴の地図には一軒家から続く細い道が一本描かれているだけで、それが今たどってきた道であることは間違いないように思われた。

狐につままれたような、というのはこういうことだ。

と思って、楓殿を思い出した。細い切れ長の、どことなく狐を思わせる顔だった。

同時に、銀次の台詞も思い出した。

——なんだおめぇ、あっちのもんか？——

まさか。

あの時は単に余所者呼ばわりされたのかと思ったけれど、もしかして彼らこそ「こっち」とは違う世界の住人——狐狸妖怪の類《たぐい》だったのだろうか？

でも、姉貴は……。

足元に気をつけながら石段を下りると、俺はまずふもとの一軒家を訪ねてみたが、表札もなく、人の住んでいる気配もない。仕方なく車まで戻ってエンジンをかけると、来た道を戻った。

　国道に出て少し行くと、雛屋の前に先ほどの奥さんがいて、俺は軽トラを止めて声をかけた。

「すみません、ちょっとお訊きしたいんですが……姉が地図を描いてくれたんですが、鈴守さんというのは、この家のことですか？」

　地図上の目印の一つだった一軒家を指して、俺は訊いた。

「いえ、違いますよ。地図、合ってますよ。この山の上の神さんです」

「神さん？」

「ええ、この地図の通り、細い道を入っていきますとね、石段があって、その天辺に神社があるんです。見つかりませんでしたか？」

「あ、いや、ありましたけど」

「それです」

「あの、でも、鈴守というのは……？」

「ああ、それは私らが勝手に。あの神社、私有地にあるんで名前がついていないんですよ。でも、京都の神社のお偉いさん曰く、あそこには鈴の神さまが奉られているそうなんです。だから、町の者は勝手に、鈴さんとか、鈴守さんって呼んでます」

「はあ……」

　鈴の……神さま……？

「ずうっとね……ここが町になる前からずっとあるんですよ。この辺りの、土地神さまの一人です」

土地神さま……？

あの、『ピーター・パン』の話を目を輝かせて聞いていた……

天下の大泥棒の真似をして、俺に煙管を投げつけた……

雪だるまを作るのに雪が足りないと、晩ごはんに饅頭が食べたいと言っていた……

あれが……神さま？

おかしくて、おかしくて、俺はこみ上げてくる笑いを奥さんの前でこらえるのに苦労した。

「そうでしたか……」

「ええ。あそこの山は、あの一軒家のものなんですが、あの家は今、誰も住んでいないので、うちが鈴さんのお世話をしています」

「お饅頭を供えたり？」

「そうですね。後はお掃除や草取りなんかですね」

だから、この菓子屋を知っていたのか。

俺はくすりと微笑んで、駄目元で更に訊いてみた。

「あの、この辺りに、鋳掛屋さんはありますか？」

「鋳掛屋……ですか？」

今度は何を、と、訝しげに奥さんは首をかしげた。

「ここらは田舎ですけど、さすがにもう、鋳掛屋はありませんねぇ……」

「ですよね」

俺が頷いていると、カゴに野菜を積んだ自転車で姉貴がやってきた。

「あんたまだここにおったん？　もう鈴守さんまで行ってる時間はないよ？」

「もう行ってきた」

「あらそう」

「翔子さんの弟さんでしたか」と、奥さんがにっこりする。

「そうなの。不肖のね」と、姉貴は苦笑した。

雛屋の奥さんに礼を言い、姉貴の自転車を荷台に載せて、荷物を取りに一旦帰った。

それからバス停まで戻って来ると、忘れないうちにと、俺は雛屋で買った菓子箱を一つ取り出した。

何もないよりマシだろう。

「ごめん。迷惑ばっかりかけて。子供らや、義兄さんとじいさんにも謝っといて。今度来る時は、ちゃんと東京土産を持って来るけぇな」

「期待しとるわ」

「うん。それで――ちょっと頼みがあるんじゃけど」

そう言って俺は財布から、千円札と名刺を取り出した。

「何？」

「年が明けて落ち着いたら、あそこのお菓子をいくつか買って、俺の代わりに鈴守さんに供えてくれん？」

「何よ？　願掛け？」

「違うわ。お礼参りじゃな。行ったけど、ろくにお参りもせんかったから……」

「なんなんよ、あんた、ほんまに」

「不肖の弟」

「莫迦」

姉貴が吹き出した。

姉ちゃん、幸せなん？

ついそんなことを訊きそうになったけど、やめた。幸せだからこそ、なんだかんだ言いながらもこうしてまだ、至らない弟の面倒を見てくれる。姉貴の家は古くてウチとは全然違うけど、昔の実家に似た懐かしさをそこここに感じた。田舎でもなんでも、今はここが姉貴の「家」で、姉貴は自分の幸せをここに見つけたのだ。

それに、田舎も捨てたもんじゃない。

あんな子供でも、土地神さまらしいからな。

姉貴のことも、きっと見守っていてくれるだろう……

バスが来て、俺はバッグを肩にかけると、ステップを上がり——振り返る。

「あ、そうじゃ」

「まだなんかあるん？」

「お菓子じゃけど、できるだけあんこの多いのにしてやって」

「はあ？」

「じゃあ、良いお年を」

ぽかんとした顔の姉貴に手を振って、俺はバスに乗り込んだ。


岡山駅に着いた俺を迎えに来たのは、兄貴だった。

大晦日だけあって、いつもより早くに店を閉めたらしい。

ガキのように少し緊張して、喧嘩腰だったこと、かんしゃくを起こして飛び出したこと、おふくろを怒鳴りつけたことなどを謝って——それでも今の生活を続けたいと俺が言うと、大げさに溜息をついてみせ、兄貴は言った。

「そこまで言うなら、勝手にせぇや」

突き放した言い方が、どことなく親父を思い出させた。

兄貴は勘当同然に家を出たと、俺は勝手に思っていたけれど、親父の方はどうやら「旅をさせる」くらいに考えていたらしいというのが、姉貴との話で判った。

就職した飲食店を一年足らずで辞めて、運送業に転職してから、恋女房——義姉さん――に出会った。結婚してからは、無茶することこそなくなったものの、しばらくは転々と職を変え、「落ち着かんわ」とおふくろをやきもきさせていたものだ。今思えばそんなことも、兄貴なりに将来を考えてのことだったのだろう。

八年前に親父が亡くなって、兄貴が「店を継ぐ。おふくろの面倒も見る」と言い出した時は、「今更親孝行かよ」と腹の中でつぶやいたものだが、あれは明らかに俺のひがみだった。己が勝手なことをしているという自覚はあったから、なんとなく、一人だけ置いていかれたような気がしたのだ。

心のどこかでは、店を継いでくれた兄貴に感謝していた。

商店街の小さな酒屋でも、慣れ親しんだ場所がなくなるというのは寂しいものだ。東京でどんなに粋がっていようが、俺はやっぱり岡山の町酒屋の子で、年を取るごとにそれは「ちょっと恥ずかしい」ことから「なんとなく誇らしい」ことに変わりつつある。

「店……上手くいっとるみたいじゃな」

「おう。今は景気がええけぇな」

ぞんざいに謙遜するところが、やっぱり親父を思わせた。

たった二つしか違わないのに、この差はなんだ？

既婚と未婚の違いか？　大黒柱の貫禄ってやつなのか？

むっつりとしたままの兄貴の横で俺は、忌々《いまいま》しいような、安心したような、複雑な感情をもてあました。

家に着くと、おふくろが前掛けで手を拭きながら迎えてくれた。

ちょうどおせちを作り終わったところだという。玄関先で俺が昨日のことを謝ると、

「ああ、もうええから」と、苦笑して俺を居間にうながした。義姉と子供らは心得たように、簡単な挨拶をすると、俺には構わずテレビに見入った。

何年ぶりかで、俺は家族と紅白を観て、年越し蕎麦を食べた。

年が明けると、手作りのおせちやお雑煮を食べ、良識ある社会人らしく、年始の挨拶を交わし、兄貴の子供らにお年玉を渡した。

俺が持ち帰った雛屋の饅頭は、予想以上に喜ばれた。

渡せなかった安那殿の分も合わせて二箱あったそれは、三箇日が終わる前に全部はけた。さすが土地神さまのお薦めだけはある。

バイトの仕事始めは六日だったが、四日の午後にポケベルが鳴った。

見慣れない番号にかけ直すと、ヒデさんが出た。テレビ局からかけているのだという。急遽、明日のオーディションが取れたので、一足早く東京に帰って来られないか、とヒデさんは言った。

俺に否やはない。

夜行バスに乗り、明日の朝、その足で現地に向かう、と告げて電話を切ると、聞いていたのか苦虫を嚙み潰したような顔で兄貴が言った。

「荷物をまとめぇや。駅まで送ったるわ」

「え、でも」

「早うせえや」

駅で兄貴が切符を買いに行っている間に、ついて来たおふくろが囁いた。

「ろくに休みもせんで行ったたって、受かりゃせんじゃろうって」

「兄貴が？」

戻って来た兄貴の手には、切符の他に岡山土産の『大手まんぢゅう』の袋が二つ提げられていた。

「会社に挨拶しとけぇ。いつも世話になっとんじゃからな」

「判っとるわ」

何気なさを装って頷いたのは、我ながら上手い演技だった。

早いところは今日から仕事始めで、昨日よりマシだが、上りのラッシュは続いている。兄貴が用意してくれた切符は、岡山から東京まで一本の新幹線で、しかもグリーン車だった。他に指定が取れなかったのだろう。

弟にまで、見栄張りやがって。

自由席だって御の字なんだから、どうせなら差額をくれりゃよかったのに。

舌打ちしようとしたが、上手くいかなかった。

気を取り直して、ちょうど通りかかった車内販売からビールとつまみを買う。

せっかくだ。少しくらい贅沢したっていいだろう。

ついでに、おふくろが岡山駅で押し付けるように持たせた弁当の包みを開けると、弁当の他にポチ袋が入っていた。

おふくろが元旦に、孫たちにあげたのと同じものだ。

おいおい。

三十八にもなって、お年玉はないだろう。

――母御も、鵜木殿に会えるのを楽しみにしておられような……――

安那殿の言葉が思い出されて、嬉しいやら、情けないやら。

不覚にも涙が出そうになった俺は、グリーン券を買ってくれた兄貴に心底感謝した。

黙々と弁当を食べ終えると、ゆったりとシートに身を沈めて目を閉じる。

新谷社長に断りを入れなきゃなあ……

クビにはならないだろうけど、呆れるだろうなあ。

町田社長のとこにも、挨拶に行かなきゃな。「今年もどうぞ、よろしくお願いいたします」って。

いや、その前にヒデさんだ。

電話口のヒデさんは、相変わらず腰が低かった。

「あの、すみません。ドラマのオーディションなんですけどね。あ、ドラマと言っても、次郎さんがやりたがってたトレンディじゃなくて、時代劇なんですが……背格好やイメージがね、次郎さんにぴったりなんじゃないかって、キャストさんが。だから取れると思うんですよ。三回続けて出ますし、台詞もそこそこありますし、悪くない役じゃないかと……あ、でも、途中で斬られちゃうんですけどね……」

ヒデさんの言葉を聞きながら、ふと、あの囲炉裏端の光景が頭に浮かんだ。

姉貴は早速、饅頭を供えてきてくれたのかもしれない。

年明け最初のオーディションが時代劇なんて、まさにあの土地神さまのご利益なんじゃあないのか？

「なんでもいいよ」と、俺は言った。

「はあ」

「ヒデさんが取ってきてくれるなら、なんでもやるよ。こちらこそ、愚痴ばっかり垂れていつもすまない。役もらえるように、全力でやるからさ」

「はあ……」

俺の勢いに押されるようにヒデさんは相槌を打ち、それからいつものようにのんびりと言った。

「大丈夫ですよ、次郎さんなら。そのうち、クレジットにこう、次郎さんの名前が」

「バーン！　と入るようになるんだよね」

「ええ」

電話越しに、ヒデさんが笑ったのが見えた気がした。

いいじゃないか。

時代劇上等、斬られ役上等、だ。

まだ脚本《ほん》も見ていないのに、今までに観たことのある時代劇が頭に浮かんでどきどきしてきた。殺陣《たて》や斬られ役を次々と思い出しては、明日のオーディションへの英気を養う。

俺にイメージが合うって、一体どんな男なんだろう……

どうして――どういう風に――斬られちまうんだろう……

暗くなった窓の向こうに、街灯りが流れては消えていく。

いつの間にかうとうとしていた俺は、新横浜到着のアナウンスで目を覚ました。

さすが新幹線。

東京も近くなったものだ。

眠気覚ましに、俺はポケットを探って、煙草とジッポを取り出した。

ペリカンのレリーフを撫でて、銀次の煙管を思い出す。

いい条件だったが、惜しくはないさ。

銀次と言えば……

元旦に兄貴の家でごろごろしていた俺は、兄貴の下の子が持っていた、『ピーター・パン』の原作にあたる『ピーター・パンとウェンディ』という本を読み返してみた。

その本の注釈によると、英語の tinker というのは鋳掛屋のことで、ティンカー・ベルは壊れた鍋ややかんを直す金物修理の妖精なのだとあった。

安那殿が鈴の守り神なら、さしずめ銀次は和製ティンカー・ベルじゃないか――思いがけない発見に俺はつい吹き出してしまい、ちょうど通りかかった義姉に変な顔をされたものだ。

次に会ったら是非とも銀次に、一言言ってやりたいものだ。

……またいつか、会えるだろうか？

銀次やお美野さん、狐目の楓殿や、あの小さな鈴の神さまに……

ジッポの蓋を指で弾いて、煙草に火をつける。

ゆっくり溜め込んで、ふうっと吐き出した煙の向こうの窓に、いまや街全体が不夜城となりつつある東京のイルミネーションが映った。

「絶景かな、絶景かな……」

つぶやく口の端から、思わず笑みがこぼれた。

秋桜

――2005年　秋

子供の泣き声が聞こえたかと思うと、「おばあちゃーん」と、親子揃った声がした。孫嫁の貴紗子《きさこ》さんと、ひ孫の美樹《みき》だ。

「おばあちゃん、どうもすみません。美樹をお願いできますか？」

「はいはい」

年に一度のお祭りを前に、店は今てんてこ舞いだ。

お祭りには、関係者に小さな菓子折りを配るのがこの雛屋の代々の慣わしで、夕方、山車《だし》が斎場《さいじょう》へ着く前に、役員さんがトラックで取りに来る。お祭りで町へ来る人が多い分、店頭のお菓子もどんどんはけていくから、お祭りの日は前日の夜半から夕方まで、家の者は総出で菓子作りに励む。

今日も娘夫婦の詩織《しおり》と康助《こうすけ》さん、孫夫婦の祐人《ゆうと》と貴紗子さん、まだ独り者の孫の志帆《しほ》、それにアルバイトの奈保《なほ》さんが、休みもろくに取らずに働きづめだ。

手伝ってやりたいのは山々だが、あと三年で米寿《べいじゅ》ともなれば、身体の方がいうことを聞かない。目が弱くなったから細かい作業ができないし、立ちっぱなしというのがまずしんどい。

「みっちゃん、大《おお》ばあちゃんと遊ぼうや」

「みき、おまつりに行きたいんよー」

「うんうん。お母さんの仕事が終わるまで、もうちぃと待ちんさい」

「しごとおわるの、いつ？」

「うーん、あと一時間はかかるわなぁ」

「ゆきちゃんが来ればよかったのに」

「そうじゃねぇ……」

去年は、美樹のはとこに当たる幸範《ゆきのり》が来ていた。坂出《さかいで》に住んでいるから言うほど遠くはないのに、娘の縁《ゆかり》も、孫の佐緒里《さおり》も今年は顔を出さないらしい。

「ゆきちゃんといっしょに、おまつり行きたかった」

「みっちゃんは幸ちゃんが好きじゃゃもんねぇ」

「うん。じゃって、ゆきちゃん、かっこええもん」

はにかむ美樹に、私は微笑んだ。

まだ五つだというのにませたものだ。

……私が五つの時はどうじゃったろう？

思い出そうにも八十年も昔では、記憶は遠い霧の向こうだ。

「幸ちゃん、物知りじゃしねぇ」

「そうなんよ。おりがみでお花もつくれるんよ」

「じゃあ、私たちも折り紙しょうか」

「でもみき、おまつりに行きたいのー」

「じゃから、それはお母さんのお仕事が終わってからよ」

「なんで？　あやのちゃんもさくらちゃんも、おやつはおまつりで食べるって言うてたよ？」

時計を見るともうすぐ三時だ。

「じゃあ、私らもおやつにしようかね。みっちゃんは何がええ？」

「おうちのおかしは、イヤなの」

美樹が再び涙ぐむ。

「おまつりのおかしが、食べたいの！」

「あらあら」

困っていると、志帆が通りかかった。「みっちゃんの気持ち、判るわぁ」

「ふふふ」と、志帆は笑った。

「そう？」

「うん。じゃって、ウチのお菓子なんて、いつでも食べれるもん。お祭りの、出店の
（みせ）
お菓子は別物じゃけん」

「そうかいねぇ？」

「そうよ。おばあちゃんが子供の頃だって、お祭りに出店はあったやろう？」

「そうじゃけど……」

「おまつりのおかしがええのー」

志帆の言葉に後押しを得たと思ったのか、美樹は今度は甘えた声を出した。

「仕方ないねぇ」

どっこいしょ、と立ち上がると、私はバッグを探した。

「みっちゃん、お顔を洗ってきぃや。大ばあちゃんと、一足先にお祭りに行こう」

「やったー」

「え、おばあちゃん、本気？」

「本気、本気。そげに心配せんでも大丈夫。表まで出れば、誰か拾ってくれるじゃろ。バスもあるし……それに、三年ぶりかいねぇ、お祭りに行くんは」

喜び勇んで洗面所へ駆け出して行った美樹ではないが、私の胸にもいつになく、うきうきとしたものが湧いてきた。


美樹の手を引いて――というよりも、美樹に手を引かれて――表に出て少し行くと、早速通りすがりの車が止まって、窓が開いた。

名前が出てこないが、高見の阿《あ》部《べ》の次男坊だ。

「鈴《すず》ばあちゃん、どこ行くん？」

「お祭りに決まっとるがな。あんたさんは？」

「祭りに決まっとるがな。乗っていかんかな？」

「はあ、ありがとう」

「ありがとう、おじちゃん」

美樹と二人で礼を言って、車の後ろに乗り込んだ。

「わしが通らんかったら、どがいするつもりじゃったん？」

「まあ、誰か他の人が通ったがな」

「ははは、それもそうじゃな」

お祭りはいわゆる収穫祭で、この辺りの三つの村や町で、合同で三日間行われる。里見《さとみ》町にある神社から出発する山車は、まず竹矢村で一晩、高野町で一晩過ごした後に、里見町へ戻って行く。

今日はもちろん高野町の番で、竹矢や里見に負けないように、役員さんが斎場を盛り立てている筈だ。高野町の斎場は、国道から離れた、山の切通《きりどお》しを抜けたところの裾野にあるから、切通しを抜ける時はいつもなんだか胸が高まる。

「おーばあちゃん、見て！」

——そう、こんな風に。

切通しを抜けると、遠くに祭壇を真ん中に据えた斎場が見える。斎場へと続く道の両脇には、出店がびっしりと並んでいた。何十回と見ている光景なのに、人の賑わいや色とりどりの出店を見ると、年甲斐もなく心が弾む。

「普段はなぁんにもない吹きっさらしやのに、不思議じゃあねぇ」

年に一度だけ、こうして賑やかに人が集まる。

まるで幻のよう……昔読んだことのある童話にも似た……

遠い、外国の物語だった。一年に一度だけ、蜃気楼《しんきろう》のように浮かび上がり、一晩だけ本物になって、朝には再び消えてしまう街……

あれは、何ちゅう話じゃったかな？

志帆に訊いたら判るかいねぇ？

判れば、美樹に読み聞かせてやりたいもんじゃけど……

ぼうっとそんなことを考えているうちに、阿部の次男坊が出店の入り口の反対側に車を止めて、ドアを開けてくれた。

「ありがとう」

「気ぃつけてな」

「はいはい」

「おーばあちゃん、行こう」

美樹に手を引っ張られ、私は杖をつきながら道を渡った。

土曜の午後だけあって、近隣の市町村からも多くの人が訪ねて来ている。一度きり見た祇園祭りのように、ぎゅうぎゅうではないけれど、そこそこ込み合っている道を、私と美樹はゆっくり歩いた。

「おっ、雛田《ひなた》のばあちゃん、元気じゃのぉ」

「はあ、この通り」

「あら、鈴おばあちゃん。みっちゃんとお祭り見物？」

「家の者がねぇ、まだ忙しいんよ」

生まれてから八十五年、ずっと高野町で生きてきた。この辺りで知らない顔はないと言ってもいい。若い人の名前は半分も思い出せないが、老若男女、次々と知った顔が声をかけてくれるのが嬉しかった。

町の人たちだけでなく、出店の人たちにも知った顔がある。雛屋の菓子折りは、出店の人たちにも配られるからだ。今でこそお祭りの役員さんがまとめてしてくれるが、その昔、私が店を切り盛りしていた頃は、山車が来る前に一軒一軒、私と夫が出店を回って、菓子折りと共に労《ねぎら》ったものだった。

詩織と康助さんに店を任せてもう二十年になる。出店の人らも随分代替わりしてしまったけれど、中にはまだ見知った顔がいくつか残っていて、目が合うと会釈をしてくれる。

——嬉しいことじゃが。

会釈を返しながら、胸が温かくなった。

三年前に少し膝を悪くして、表を歩く時に杖をつかねばならなくなった。年を考えれば当然のことと自分を慰めるも、足腰が丈夫なことが自慢だった私はあれから、つい家にこもりがちになってしまった。人込みは大変だからと、去年もおとなしもお祭りに足を運ばなかったし、今年もなんとはなしに留守番するつもりでいた。

でも今日は、美樹のためとはいえ、出てきてよかった……

「おーばあちゃん、アメ買ってー」

「はいはい」

美樹にねだられて、私はショルダーバッグから財布を取り出して、杏飴を買ってやった。

「ふふっ」

満足げに美樹が笑うのを見て、再び、来てよかったと思った。

出店をのんびり見てまわり、美樹にねだられるままに型抜きとヨーヨー釣りをさせた。更にチョコバナナも買ってやって、ようやく斎場にたどり着く。

祭壇の後ろには仮小屋、周りにはテントが建てられ、折りたたみ机や椅子が並べられている。仮小屋には農協の出張店が、その隣では盆栽の品評会が催されていた。

私が美樹の年頃には、斎場は実に殺風景なものだった。

祭壇の横にはお囃子《はやし》の奏者たちが座る畳が敷かれているだけで、町の皆は遠巻きにござを敷き、お花見のように、色づいた秋の山を眺めながら、お弁当を食べたりお酒を飲んだりして、のんびり山車が来るのを待ったものだ。

志帆が言ったように、出店はあったものの、店構えも品揃えも今とは随分違う。夕方になって灯《とも》る提灯《ちょうちん》も、電球ではなく、蠟燭《ろうそく》を役員さんが灯して回った……

　折りたたみ椅子に腰かけて、ティッシュで美樹の口元のチョコを拭っていると、横から素《す》っ頓狂《とんきょう》な声がした。

「あらぁ、みっちゃんかなぁ？」

　見上げると、懐かしい顔が覗きこんでいた。

「フミちゃん」

「やぁー、えらいそうたいぶりじゃねぇ」

「そうじゃねぇ。とんとご無沙汰して」

　フミちゃんは私より一つ年上で、十七の時に高松にお嫁に行った。気風《きっぷ》がよく、姉御肌で慕われていたから、村の子は随分複雑な想いで彼女の嫁入りを見送ったものだ。特に私は妹分として、物心ついた時から可愛がってもらっていたから、喜びも寂しさもひとしおだった。

「いつ帰ってきんさったん？」

「今朝。ひ孫がなぁ、笛をやることになったんよ。じゃけぇ、昨日は竹矢、今日は高野、明日は里見なんよ」

「まあー、元気じゃねぇ」

「こんな、みっちゃんの？」

　フミちゃんがにっこりと微笑んで、美樹を見やった。

「そう。詩織の孫の美樹。みっちゃん、大ばあちゃんの友達のフミさんよ」

「ひなたみきです」

美樹がぺこりと挨拶をすると、フミちゃんはますます目を細める。

「まあ、しっかりしとる」

「ねえ、おーばあちゃんもみっちゃんなの？」

首をかしげながら、私たちを見上げて美樹が訊いた。

「あはは。ほうよ。美樹ちゃんの大ばあちゃんは美鈴《みすず》じゃから、みっちゃん」

「みきも、みっちゃんだよ」

「ほうじゃねぇ、同じじゃねぇ……」と、フミちゃんは微笑んだ。

「ねえ、みき、もっとお店、見てきていーい？」

「もうちぃと休んでからね」

情けないことに、斎場まで歩いて来ただけで少し疲れた。それに、せっかくフミちゃんと会えたのだ。しばし、おしゃべりを楽しみたい。

「あの、よかったら私が見てますけん」

そう声をかけてくれたのは、フミちゃんについて来た若い女性だ。

「これもひ孫でね、仁美《ひとみ》」

「じゃあ、お願いしてもええですか？」

「ええ。フミばあちゃんと、積もる話もありますでしょう？」

察したように、仁美さんはにっこりした。

遠慮する仁美さんにいくばくかお金を渡し、二人を送り出した。

「お金なんてええがな」

「いけんがな。フミちゃん見た？　イカ焼きが五百円もするんじゃから」

私が言うと、フミちゃんは目を細めてまた「あはは」と笑った。皺だらけになっても、こういう天真爛漫《てんしんらんまん》なところは全然変わらない。

「そりゃあ、みっちゃん、飴が一本二銭の八十年前とは違うがな」

「飴は一銭じゃったろう」

「そりゃ、練り飴」

そうだった。

杏飴は二銭、店によっては三銭だったけど、練り飴はいつも安かった。

すっきりした藍染の暖簾に、飴が入った樽が一つ。注文が入ると、樽から飴を伸ばし、木でできた棒に巻きつける。人はもちろん代わっているが、様変わりした出店の中で、練り飴屋は数少ない昔ながらの店のままで、通りすがりにどこかほっとした気持ちになった。

「ねえ、覚えちょる？　みっちゃんが迷子んなったん」

美樹と仁美さんの後ろ姿を見送りながら、フミちゃんが言った。

「迷子？」

「ほれ、美樹ちゃんくらいこんまい時、みっちゃん、お祭りで迷子んなったじゃろ」

「あれは」

迷子じゃないわと言いかけて、私は思い直した。

あれは……迷子じゃなくて……なんじゃったろう？

「あ、お囃子が始まるわ」

トントン、と、手慣らしのような鼓《つづみ》の音がした。

ピィーッと冴えた笛の音が続いて、私はうっすらとあの日のことを思い出した。


一際高い笛の音が、風に乗って聞こえてきて、子供たちの足が速くなる。

今と違って、歩いて越える切通しは、子供の足には大変だった。うんと小さな子ならリヤカーに乗せてもらえるが、五つ六つともなると歩くのがあたり前だった。

切通しは日中でも暗く、一人ではとても怖ろしくて通れないが、お祭りの日はみんながいるから心強い。

フミちゃんにりっちゃん、りっちゃんのお姉さんとお母さん、しんちゃん……思い出せないが、他にもあと一人二人、一緒だったように思う。

切通しを下り出すと、遠くの裾野に斎場と出店が見えた。私たちはそこまでの疲れも忘れ、小走りになって裾野を目指した。息を切らせて一番手前の出店にたどり着くと、私たちは二、三人に分かれてのんびりと歩き出す。

娯楽の少ない田舎だ。年に一度のお祭りは村の一大行事だった。村の人が圧倒的に多い中、ちらほら近隣の村からも人が来ていて、出店と同じく、なんとなく物珍しい。私たちはきょろきょろと、楽しげに、いつもと違う村に心をときめかせた。

あの時、私は美樹と同じ五つ……いや、六つだったたか。お古だが、仕立て直してもらった着物を着ていてご機嫌だった。

紅葉《もみじ》が入った白茶色の着物に、赤い帯……

それは子供ながらの一張羅《いっちょうら》で、滅多に着る機会のないものだった。

袖や裾の紅葉を見やると、ふふっと、つい忍び笑いが漏れる。

東京の親戚が送ってくれたとかで、りっちゃんはここらでは珍しい洋装だったけれど、私は内心、紅葉の着物の方が勝っていると思っていた。

一番仲良しのフミちゃんは、柿色の着物を着ていた。着物は無地で地味だけれど、高松で買ってもらったという蝶々の模様の手提げを持っていて、それがとても羨ましかったのを覚えている。

「見てー。カメがおるよー」

しんちゃんの声に、私たちは顔を見合わせる。

「カメだって」

「カメ、見に行こう」

亀釣りは高いし、しんちゃんほど興味もないから、私たちは見るだけ。女の子の興味はもっぱら、宝くじだ。中でも「宝石くじ」と呼ばれるくじは、子供だけでなく大人の女の人にも人気だった。

お金を払って、おじさんの持つ細くて長い紙の束から一枚引くと、「十一」とか「八十七」とか番号が書いてあって、番号に合った装飾品がもらえるのだ。装飾品といっても、ほとんどは安いピン留めやらリボンやら。一等は鼈甲《べっこう》の櫛や真珠のネックレスで、それらを引き当てた人はいまだ見たことがない。が、稀《まれ》に凝ったブローチを当てる人もいたりで、村の女性は皆、一度はここで運試しをしたことがある筈だ。

当時、一回、三銭だったか五銭だったか。

一つの店で使うにはいい値段だったように思う。こづかいの少ない子供には尚更だった。

それでも少ないこづかいから「大枚をはたいて」、私とフミちゃんはくじを引いた。

あの時は確か二人とも、七、八十番台だった。

「ここから好きなもの選んでいいよ」

そう言われた一角にはこまごまと小さな装飾品がざるに入っていて、今思えば大したものは無かったのだが、その頃の私たちには心躍るものばかりだった。

色とりどりの宝の山から、一つ一つ手に取っては、あれにしようか、これにしようかとひとしきりはしゃぐ。悩みに悩んだ末に、フミちゃんは蝶々のピン留め、私はピンクの花が二つついたリボンを選んだ。

本当は私も蝶々のピン留めが欲しかったのだけれど、それは一つしかなかったし、フミちゃんは蝶々の手提げを持っているのだから、と、子供ながらに遠慮したのだった。髪は既に母が結ってくれていたので、私はフミちゃんに手伝ってもらって、花のついたリボンをブレスレットのように手首に巻いた。

「さ、行こう」

「行こう」

顔を見合わせては笑い合い、手に手を取って、私たちは歩いた。

夕まずめの中、出店の提灯が一つ、また一つと灯り出す。

右へ左へ、出店を覗いて行くうちに、やがて私は一人の子供に気付いた。

私たちの少し前を行く、瑠璃紺《るりこん》の着物を着たその男の子は、私たちと同じくらい小さく、でも村では見かけたことのない子供だった。

背伸びして射的を眺めたり、金魚すくいの桶の横にかがみこんだりして、一人でにこにこ、楽しそうにしている。

隣村の子じゃろうか？

お父さんやお母さんは、どこにおるんじゃろう……？

出店よりも男の子が気になってきて、私はいつしか、つないでいたフミちゃんの手を離し、男の子の後を追っていた。

男の子は欲がないのか、決めかねているのか、どの出店でも見ているだけで何も買おうとしない。

村の男の子が宝くじの紐をするすると手繰り、おもちゃを引き上げる様を、一緒に、緊張の面持ちで見つめている。灯りの下で見るその子は、村の洟垂《はなた》れ小僧とは違い、小綺麗で、凛々しい顔立ちをしていた。

どこから来たの？

声をかけたかったけれど、村の子の手前、なんだか恥ずかしくてできなかった。だから私は黙って後をつけた。

「あら、みっちゃん、一人？」

「ううん。フミちゃんといっしょ」

村のおばちゃんに声をかけられても、私はうわの空で、男の子を見失うまいと目で追った。

どこから来たの？

名前、何ていうの？

どきどきしながら、訊きたいことを胸の中で反芻《はんすう》していた。

「あれよ、みっちゃん。あの、左から二番目」

ぼうっとしていた私は、フミちゃんに肩を叩かれ、我に返った。

フミちゃんの指す方を見ると、中学生くらいの男の子が横笛を吹いている。

最近は、田舎の祭りも廃《すた》れていくものが多いと聞く。少子化で、神輿《みこし》の担ぎ手や囃子の奏者も減っているらしい。けれどもこの界隈ではまだそんなことはなく、囃子方もなりたいからなれるというものではない。斎場で神さまの乗る山車を迎える囃子方や、後に奉納される舞の舞手《まいて》は、今でもここらの栄誉職だ。

「まあー、上手じゃあ」

目は衰えてきたが、耳はまだしっかり聞こえる。

ぴーひょろろ、ぴーひょろろ、と、軽やかな笛の音が、秋の澄んだ風に乗って流れていく。音の先を追うように、私は山を見上げた。明るく楽しげで……だからこそ、山の神さまもふらり誘われて、ふもとに下りて来てくれるのだろう。

今この時代に「神さま」なんて、よそでは笑われるかもしれないけれど、ここらではまだ、土地の神さまに対する信仰心が篤《あつ》い。田舎ならではの小さな逸話がちらほら残っていて、里見の神さまが農作物を含め、ここらの土地を守ってくれていると、皆どこかで信じている。

高野町にも竹矢村にも神さまはいるけれど、高野町は鈴、竹矢村は弓の神さまで、どちらの社も里見に比べると格段に小さい。里見の山車はどちらの社も訪れないが、それぞれの土地を一日ずつ回ることから、年に一度、神さま同士で酒盛りでもしているのではないかと、つい想像してしまう。

「お囃子は変わらんねぇ。これを聞くと祭りじゃあ気ぃするわ」

しみじみと、フミちゃんが言った。

「フミちゃんも変わらんよ」

私が言うと、フミちゃんは笑った。

「なんちゃあ言うとるが。変わらんのはみっちゃんじゃがね」

「相変わらずの鍾馗《しょうき》眉じゃろ」

「あんた、八十も過ぎてまだそがいなこと。あれはりっちゃんのひがみじゃて、なぁんぼ言うたら判るんかいね。ちぃと太いだけで、なんぼなんでも鍾馗さまには負けるがな。……みっちゃんはお母ちゃん似じゃが。和佳《わか》おばちゃんそっくりの美人さん」

こんな年になってても慰めてくれるフミちゃんがありがたい。

和佳というのは、私の母だ。母は七十で亡くなったから、私は既に母の年を、十五年も追い越してしまった。

この辺りでは珍しい、京都の出だった。

「京都から嫁が来る」と、母が嫁入りした時は、高野村だけでなく、竹矢でも里見でもその噂で持ちきりだったと、昔、父が自慢げに話してくれたのを覚えている。

色白で、美しい人だった。

小さい頃は、母に似ていると言われる度に、嬉しくてにやにやしたものだ。大きくなったら母のようになりたいと切に願っていたのに、年頃になった私を嘆かせたのは、父譲りの太い眉だった。小さい頃から野山を走り回っていたから、母よりもずっと逞しい身体つきになったし、肌も黒かった。

「たおやか」という言葉がよく似合う母だったが、礼儀作法には厳しく、子供の頃は、箸の上げ下ろしから姿勢や言葉遣いまで、こまごまと教えられた。友達の母親と違い、叱る時も声を荒らげることなく、厳かに諭す母の声は今も折々に思い出される。

京育ちなのに、京言葉をほとんど使わなかった。村の人とは村の言葉でいいが、よその人には「ちゃんとした」言葉で、というのが母の教えだった。

「うちのお菓子は、どこに出しても恥ずかしくないものなんですからね」

「田舎の菓子屋だと、莫迦にされないように」

そう繰り返す母の下で、私は村の皆に先駆けて、今でいう標準語に慣れ親しんだ。よそから来た人が店に寄ると必ず、母や私の応対を聞いて「おや?」という顔をした。そんな顔を見る度に、どこか誇らしい気持ちになったものだ。

標準語にこだわった母の中には、時流に遅れてはならないという思いの他に、生まれ故郷に対する誇りもあったのだろう。後に祖母がこっそり教えてくれたところによると、母が嫁に来た当時、少数だが口さがない人らが、母の京言葉を「えらそう」と陰であげつらったらしい。だからといって村の言葉に倣《なら》うのは、都会者としての母の矜持《きょうじ》が許さなかったようだ……というようなことを言って、祖母は苦笑した。祖母の話を聞きながら、既に年頃になっていた私は、若くして田舎に嫁いで来た母の複雑な心中を思った。

大人になり、母に連れられ京都を訪ね、母が京言葉を使うのを聞いて初めて、母が京育ちだということを実感した。滑らかで優しい京言葉を話す母は、田舎暮らしを感じさせず、京都にいても洗練されていて美しかった。そんな母を誇りに思うと同時に、がさつな我が身を恥ずかしく思ったものだ……

「去年三十七回忌じゃったわ。そがいに経ってたとは思わんで……おっとろしいわ。まあ、五十回忌までは、こっちが生きとらんじゃろうが」

「弱気になったらいけんがな。互いに百まで生きようやぁ」

「フミちゃんは大丈夫じゃがね」

ははは、と二人してひとしきり笑う。

再びお囃子を見やって、ふと少し不安になった。お囃子が始まったとなると、山車が来るまで小一時間ほどしかない。あの子らは、無事にお菓子を作り終えただろうか。

私と夫が隠居する前は、この時分は、既に出店を回っていた筈だ。

——隠居したら、二人でのんびり、あちこち旅をしよう。

そう言っていた夫の高志《たかし》は、隠居して一年足らず、享年六十七で他界した。前触れも何もない、突然の脳梗塞だった。

夫は母方の遠い親戚筋で、小田原の料亭の三男坊だった。お見合いのためにはるばる東海道を下り、海を渡って四国まで訪ねて来た夫は、うちのお饅頭を食べてすぐに婿入りを承諾したほどの、甘いもの好きだった。

「それは違う。君を見て、すぐに返事をしようとしたのだが、よその家に入ろうというのにそれじゃあまりにも失礼だから、おうちの饅頭をいただいた後にしたんだ」

後に夫はそう言ったものだが……真相はどうだか。

しどろもどろに「よろしくお願いいたします」と、父の前に両手をついた若き日の夫はいじらしくて、今でもつい思い出し笑いをしてしまう。

村の男の人に比べ小柄で頼りなさげに見えたが、料亭の息子だけあって客あしらいが上手かった。手先も器用で、一から始めた菓子作りを実に楽しそうに学んでくれた。母とは違い、土地の言葉で冗談を言うなど、村に馴染むのも早かったのに、婿入りして半年と経たずに開戦。翌年の秋には徴集されていった。

残された私は気丈に振舞っていたものの、その頃には既に夫婦の絆と言えるものが芽生えていたのだと思う。終戦を迎えて、帰って来た夫としっかり抱き合い、お互いに涙した時に、私たちはなるべくして夫婦になったのだと感じた。

やがて詩織が生まれ、二年離れて縁《ゆかり》が生まれた。

娘しか持たなかったあの人が、孫の祐人が生まれた時、どんなに喜んだことか……後に生まれた志帆が「贔屓だ」と拗ねるほど、祐人を可愛がっていた。

その祐人も今ではすっかり一人前だ。康助さんを立てながら、毎日菓子作りに精を出している。

残念ながら、ひ孫の顔を見る前に他界してしまったが、子供もお祭りも大好きだったあの人のことだ。生きていたら、喜んで美樹をお祭りに連れ出したに違いない……

「あのー、美樹ちゃん、帰ってませんよね？」

ぱたぱたと仁美さんが小走りに帰って来て訊いた。

「あれ、一緒じゃなかったんかいね？」

「そうなんじゃけど、途中で見失ってしもうて……」

「あらら」

フミちゃんが立ち上がろうとするのを、私は止めた。

「フミちゃんはここにいてやんさい。せっかくのひ孫さんの笛じゃけぇ。私がぐるっと見てきますけん。なぁに、その辺で友達とおしゃべりしとるんじゃろう」

「私も、もう一度見てきます」

「じゃあ、二手に分かれて、ここに戻ってきましょう」

私は杖をつかんで、出店の並ぶ方へ歩き出した。山の向こうに陽が落ちて、辺りは少しずつ暗くなりつつある。そろそろ提灯が灯るだろう。

美樹を探しながら、右を左を見やっているうちに、ひらり、と何かが目の前を舞った気がして、私は立ち止まって目をこすった。

小さな男の子が二人、歓声を上げながら連れ立って、人込みを駆け抜けて行くのが見えた。お揃いの「祭」の字が入った法被《はっぴ》を着ているのが、なんとも可愛らしい。

「きぃつけやー」

のっそのっそと後から歩いて来た男の人が、男の子らの背に声をかけた。

「たっちゃん」

これまた法被を着て、血色のいい顔に汗を浮かべているのは、二宮の若隠居だった。

「鈴ばあちゃん」

首にかけたタオルで汗を拭い、にっこりと目を細めた顔が、たった今駆けて行った男の子の一人と重なった。戦中、母親と一緒に関東から疎開して来た頃のたっちゃんが、ちょうどあれくらいの幼い子供だった。

「そうたいぶりじゃのぉ。そがいに元気なら、もっと表に出てこな」

「そうじゃなぁ……」

お姉さんは嫁に行って町を出たが、たっちゃんは跡取りとして留まり、今では町の顔役の一人だ。今年もお祭りの役員の腕章をつけている。

「……あの子、たっちゃんの？」

「二人目の孫じゃが。もう一人はやっちゃんのじゃ」

「やっちゃん？」

「安之じゃが。ほれ、塩野の」

「塩野さんの」

二宮家と同じように疎開して来ていた塩野さんは戦後に東京へ戻ったが、旦那さんを亡くした育子さん——たっちゃんのお母さん——は子供らと一緒に町へ残った。戦後も幾度か町を訪ねて来た塩野さんご夫婦はとうに亡くなったと聞いているが、息子の安之くんは今でもたっちゃんと交流があるらしい。

「懐かしいねぇ……」

口元を緩め、私はたっちゃんと一緒に、二つの祭の字が消えた先を見やった。

戦後は町でもすっかり洋装が主流になったものの、お祭りともなれば、普段仕舞いこんでいる着物を引っ張り出す者も少なくない。法被や着物を着た者が出店の間を練り歩く様子は、少しだけ時間が巻き戻ったかのように懐かしい。

普段着のまま出てきてしまったことが、やや悔やまれた。

私も、着物を着てくればよかった。

あの日のように……

たっちゃんと別れ、杖を手に歩き出しながら、深まった夕闇に私は再び足を止めた。

「やっちゃん……？」

出店が並ぶ目の前の光景に、あの日の想い出が重なっていく……

瑠璃紺の着物は、ひらり、ひらりと、人込みを抜けていく。

その足取りは軽やかで、ふとすると見失いそうになって、私は瞬きを繰り返した。

お面屋さんでお面の真似をして百面相をしたり、ポン菓子の音に驚いたりしている様子はとても愛らしいのに、周りの子供も大人も誰も声をかけない。

よそもんじゃからかいね……？

一緒に見てまわれたら、楽しいじゃろうなぁ。

お店を覗きながら、村のことを話したり、よその村のことを聞いたり……

そうは思うものの、なかなか声をかける勇気が出てこない。

やがて練り飴屋の前に来ると、男の子は屋台に手をかけて、おじさんが飴を伸ばす様子を面白そうに観察しだした。

安くて美味しい練り飴は、子供に人気の高いお菓子だった。一人、二人と、子供らが注文し、その度におじさんが樽の中から飴を伸ばしては棒に巻きつける。

おじさんたら、もっと愛想ようしたらええのに。

じっと見つめてる男の子には何も言わず、次々と来る村の子にはにこにこしている。

一銭、なんじゃが……

お財布はお父さんかお母さんが持っていて、あの子はおこづかいをもらっていないのかもしれない。

私は巾着からお財布を取り出すと、一銭玉を握った。

そうっと屋台に近付くと、ちらりと男の子を見て、おじさんに言った。

「おひとつ、くださいな」

「はいよ。ちょっと待っててね」

おじさんが棒を取り上げ、伸ばした飴をくるくると巻きつけた。

「よく伸びるのう」

男の子が感心したように言った。

声をかけるなら今だ。

「あのね。……あのう」

しどろもどろになった私を見て、男の子はきょとんとした。

「あのう……どこから来たの？」

「ん？　おいさんは、広島からじゃ」

おじさんが、飴を差し出しながら言った。

「ちがうの」

飴を受け取って横を見ると、男の子がそうっと屋台を離れて行くところだった。

「まって」

私が後を追うと、男の子は振り返って「しーっ」と口に指を当てた。

「どうしたの？」

「話してはならぬ」

男の子が真面目な顔で言うから、私は口に袖をやって黙った。

「困ったのう……」

どうして困ってるの？　と、訊きそうになったけど、話してはいけないと言った男の子の言葉を思い出して、私はじっと男の子を見つめた。

「致し方ないのう。ちとついて参れ。黙ってついてくるのじゃぞ？」

「みっちゃん、どこ行くん？」

出店で何かを買っていたしんちゃんが呼んだけど、私は首を振って男の子の後を追った。

男の子は出店を抜けると、人が集まっているお囃子の周りではなく、その間の細道に入って行く。

灯りから遠ざかって行くことも、背丈以上あるススキも、その時は怖くなかった。

斎場の灯りがちらちらと遠くに見え隠れするところまで来ると、男の子は振り返って言った。

「無礼をしたの」

にっこりと微笑んだ男の子に、私は黙ってはにかんだ。

「ここならもう話しても大丈夫じゃ」

「……そうなの？」

「うむ。おれはな、そのう……人のたくさんおるところで、人と口をきいてはならぬのじゃ」

私は頷いた。

集会所や寄り合いでは静かにしているようにと、私も常々、父母に言われてきた。

「あのね、わたし、みすずっていうの。ひなたみすず。うつくしいすずって書くの」

漢字は知らなかったが、大人たちがそう教えてくれたのは覚えていた。

「ほう。それは良い名じゃの」

「あの、名まえ、なんていうの？」

「これはすまぬ。おれはな、安那と申す」

「やす……な？」

「うむ」

変な名前、と思ったが口には出さなかった。

「あの、じゃあ、やっちゃんってよぶね」

「やっちゃん……？」

「うん。わたしはね、みすずだからみっちゃん」

「みっちゃん殿？」

「ううん。ただのみっちゃん」

やっちゃんの、村の子とは違う話し方に、私は少し緊張していた。

母のおかげで、東京の言葉とやらにも慣れている私だったが、やっちゃんの言葉遣いはそれともまた違っていた。

村の子なら絶対、こんな風に丁寧な話し方をしない。

おまけに、みっちゃん「どの」じゃって。

私はくすっと笑みを漏らした。

まるで、どこかのお城のお姫様みたいな呼ばれ方だ。

そうだ。

やっちゃんの話し方はまるで、紙芝居に出てくるお殿様のようなのだ。

「やっちゃんは、おいくつ？」

背丈は私とほとんど変わらないけれど、賢そうな物言いから、もしかしたらもう学校に通っているのかもしれないと思った。

「年かの？　うむ……みっちゃんはいくつになるのじゃ？」

「わたしはかぞえで七つよ」

「ならば、おれも七つでどうじゃ？」

変なの、と思ったけれど、いいことにした。

「あの……どこから来たの？」

「この山のな、更に向こうの山からじゃ」

「一人で、来たの？」

一人で切通しを抜けて来たんかいね。

じゃったら、なんと勇気のある子じゃろう……

「うむ。楓に見つからぬよう、こっそり出て来たのじゃ」

「かえで？」

「おれの目付けじゃ。一人で人里に下りて行くのは禁じられているゆえ、見つかったら大目玉じゃ」

「ふうん」

相槌を打ってから気付いた。

一人でこっそり出て来たから、おこづかいを持っていないのだ。

「あのね、これ、あげる」

私は握っていた飴をやっちゃんに差し出した。

「まことか？」

やっちゃんは嬉しそうに目を輝かせた。

「うん」

「嬉しいのう。一度食べてみたかったのじゃ。だが、そうするとみっちゃん殿……みっちゃんの分がなくなるのう」

「いいの。まだおこづかいあるから」

「む。それはならぬ。……そうじゃ」

思いついたようにやっちゃんは、袂から小さな巾着を取り出した。

「これと交換でどうじゃ？」

そう言ってやっちゃんが巾着から取り出したのは、懐紙《かいし》に包まれた翡翠《ひすい》色の、半寸ほどの丸い玉だった。

「これはな、京から取り寄せた飴じゃ」

「アメなの？」

私は半信半疑でそれをつまんで、手のひらで転がした。

こんなに滑らかで綺麗な飴は見たことがない。

「うむ。最後の一つじゃぞ」

おそるおそる口に入れると、ほんのりした甘さが口の中に広がった。何味、というのは判らなかった。少しひんやりしていて、上品な、まさに翡翠を飴にしたような味だった。

「おいしい」

私がにっこりすると、やっちゃんも練り飴を舐めてにっこりした。

「旨いのう。思っていた通りじゃ」

「ねりアメは人気なの。あきのおまつりでしか、買えないの」

私は知ったかぶって説明した。

「ほほう」

「里見のかみさまのおまつりじゃないと、お店が来ないの」

「さようか」

「村にもね、すずさんがいるんだけど、すずさんのおまつりはないの。でもはるになると、よそからえらい人が来て、すずさんのおまいりをするの」

「ほほう」

「でもね、よそから来るえらい人は、いつも村の子におかしをくれるのよ」

それは落雁だったり金平糖《こんぺいとう》だったり、村では手に入らない上等なものばかりだった。

「ほおお。それはよいのう」

「うん。とってもおいしいおかしなの」

「ほおお」

「でも、やっちゃんのくれたアメのほうがおいしいよ」

「それは重畳《ちょうじょう》」

言葉の意味は判らなかったけれど、やっちゃんが嬉しそうに言ったから、私も嬉しくなった。

「あのね。わたしのおうちも、おかしやさんなの」

「ほう」

「アメは売ってないけれど、おまんじゅうとおはぎがあるわ」

「ほおお。待てよ。ひなた……というと、みっちゃんのお家は雛屋じゃな？」

「そう！　そうなんよ！」

やっちゃんも知っているほどの店なのだと思うと、誇らしくて、私は心もち胸を張った。

「稀に饅頭をいただくのじゃ。おはぎは食べたことがないのう」

「おはぎもおいしいんよ。あんこがよそとはちがうんよ」

私は自慢げに言った。大人たちがよくそう言っているのを耳にしていた。いただき物のよそのお饅頭と比べても、うちのあんこの方がずっと美味しいと自分でも常々思っていた。

「うむ。まことにそうじゃ」

やっちゃんが言うのを聞いて、私は嬉しくて何度も頷いた。

興奮していて、いつの間にか村の言葉になっているのにも気付かなかった。

いつか、うちにも遊びに来てくれたらええのに。

お母さんに頼んで、おはぎをご馳走するのに。

そう思ったけれど、どうしてだか、村の子を誘うように気軽に言い出せなかった。

「それはなんじゃな？」

私が躊躇っている間に、やっちゃんは私が手首に巻いていたリボンに目を留めた。

「これはね、ほうせきくじで当てたの」

「くじとな。あの紐を引っ張るやつじゃな」

「ううん。これは紙を引くの。紙にばんごうが書いてあるんよ」

「ほほう。……これは秋桜じゃな」

「あきざくら？」

「こすもすともいうのじゃ」

「コスモスなら知っとる」

えらそうに言ったけど、コスモスよりも、やっちゃんのいう「秋桜」という呼び名の方が、大人びていてずっと素敵だった。

「あきざくらかあ……」

二つ並んだピンクの花が、急に輝いて見え始めた。

「秋の花じゃからの。その紅葉の着物にも、よう似合《にお》うておるな」

にっこり無邪気に笑うやっちゃんに、私は嬉しくて——そして、大いに照れた。

お囃子の音が一段と大きくなって、歓声が聞こえた。

山車が近付いてきたのだ。

「かみさまが来たんよ」

ススキの向こうを覗きながら、私は言った。いつもなら、村の子に交じってお囃子の傍で、遠くに見えてきた山車の到着を今か今かと心待ちにしている頃だ。

私がそわそわしているのを見て取ったのだろう。やっちゃんが言った。

「みっちゃん、そろそろ皆が心配しておろう」

「うん……やっちゃんもかみさまを見に行かん？」

「おれはな、後でゆっくり会うからよいのじゃ」

「あとで？」

私が聞き返したのと同時に、ススキの向こうから「安那様」と、やっちゃんを呼ぶ声がした。


ぱっと一斉に提灯が灯って、私ははっと我に返った。

一際大きくなったお囃子が聞こえて、出店の向こうを見やると、薄暗くなった野辺に提灯がいくつか固まって見えた。

神さまの乗った山車だ。

遠目に、ゆっくり、ゆっくりと、灯りが揺れながら斎場へ近付いて行く。

山車にひきつけられるように人々も斎場へと流れて行き、出店の前の通りはまばらになった。

「おーばあちゃん」

いつの間にか美樹が傍にいて、ショルダーバッグを引っ張った。

「みっちゃん。どこ行ってたん？　心配したがな」

「ごめんなさい」と、美樹は素直に謝った。

「雛田のおばあちゃーん」

少し先から仁美さんの声がして、私は手を振った。仁美さんは美樹が傍にいるのを見てとると、「あちらで待っとりますー」と、斎場の方を指差して手を振り返した。

「私らも行こうかね」

「あのね、おーばあちゃん。その前におねがいがあるんよ」

「うん？」

「アメを買ってほしいんよ」

「また、飴を食べるん？」

「うん。こんどは、あっちの」

美樹の指差す先には、藍染の暖簾があった。

「二つ。二つ買ってね、おーばあちゃん」

「二つも食べるん？」

「ううん。一つは友だちにあげるの。やくそくしたんよ。おねがい」

練り飴屋に行くと、若い――といっても三十は過ぎているだろう男の人が、手持ち無沙汰に樽に手をかけていた。

「二つ、ください」

「はいな。今すぐ」

棒二本に飴を巻き付けると、私たち二人に一本ずつ差し出す。美樹は片手に一本ずつ、引ったくるように取って、駆け出した。

「おーばあちゃん、ありがとう！」

「みっちゃん、どこ行くん！」

「すぐもどるけん！　まっとって！」

ひょいと、向かいの出店の間を抜けて、美樹は明かりの向こうに消えて行った。

「あれまあ」

呆気に取られていると、同じようにぽかんとしていた飴屋の男の人と目が合った。

どちらからともなく、笑みがこぼれた。

「お友達にあげるとかで、まったくもう……」

「はあ、元気な嬢ちゃんやなぁ」

「あの……私にも一つください」

「はいな。今すぐ」

象牙《ぞうげ》色の飴は、昔と変わらぬ味がした。

安いだけに、子供の頃は、練り飴を買うのは子供ばかりのような気がしていたものだが、気が付くと大人になってからも、お祭りの度にこれを買い求めている。他の皆も似たようなものだろう。

懐かしい味がする、と、夫も練り飴が大好きだった。

故郷のお祭りでも、幾度か見かけたことがあったらしい。似たような藍染の暖簾を掲げていたというから、どの店も同じように統一しているのか、一人が日本中を渡り歩いているのか。

「あの……お国は広島でしたかねえ?」

あの日のおじさんの言葉を思い出して、訊いてみた。

「いや、僕は大阪ですわ」

「そうですか」

莫迦なことを訊いた。

この人が、あのおじさんの身内とは限らないではないか。

「あ、でも、ひいじいさんは広島やったと思います。大阪に越したのは戦後やったと聞いたような。僕は生まれてへんかったから、はっきりとは判らんのですけど……」

それじゃあもしかしたら……と言いかけて、尻すぼみになった。

遠い、遠い昔の話だ。

大正も終わり、昭和も終わり、平成になってもう十数年だ。

村に生まれて八十五年……

旅行はしたことはあるが、村の外で暮らしたことはない。

村で結婚し、終戦を迎え、家を守りながら子供を育てた……

悔いはない。

こんな田舎だけれど、私はずっとこの土地が好きだった……

――京都で店をやらんか?

その昔、お遍路の途中で店に寄った母方の曽祖父は、そう父を誘ったと聞いた。母方の実家は老舗の菓子屋で、跡継ぎはいるから家はやれないが、暖簾をやろう、ついでに孫娘もどうだ、という話だった。先祖代々の土地を捨てては行けないと即答した父に、それならせめて孫娘だけでも、と、残念そうに曽祖父は言ったという。

私はただ、父がこの地を離れなかったことに感謝せずにはいられない。

雛屋はその昔、地主の息子の一人が、街道沿いに小さな茶店を出したのが始まりだと教えられた。大傘に一畳台程度の小さな店は、その後のご先祖さまらの手によって、少しずつ少しずつ、菓子屋としての体裁を整えてきた。雛屋が今の店構えになるには、母も大きく貢献したようだ。「京育ちじゃけぇ、趣味がええ」というのも、父ののろけ話の一つだった。

母は、あまり自分のことを語らない人だった。母がどういう想いで、この地に嫁いで来たのかは判らない。同じ年頃の「孫娘」は母一人ではなかったようだから、選ばれたのか、貧乏くじを引いたのか、それとも自ら望んで来たのか……

初めはどうあれ、私の知っている母は、店での菓子作りに誇りを抱いていた。父のおおっぴらなのろけは煙たがるような素振りでも、夫を尊敬し、大切に思っているのが感じ取れた。

母も、この地で幸せだったと思う。

私が生まれてからそうであったように……

「山車が来ましたよ」

黙ってしまった私に微笑んで、練り飴屋の青年は近付いて来る山車の方を見やって言った。

「珍しいですよねぇ、三日もかけて山車が三つの町を回るなんて。おかげで僕らは三日続けて稼がせてもらえますけど……僕、商売抜きで、ここのお祭りが好きですねん。派手な神輿担ぎやなくて、ああやってゆっくり山車が来るだけやのに、なんやみんな、えらい嬉しそうに迎えなはる。ああ、神さまが訪ねて来はったって、余所者の僕でさえ嬉しくなりますわ」

「そうですか」

お世辞でもそう言ってもらえると、土地の者としては嬉しい限りだ。

その昔、似たようなことを、夫も言っていたのを思い出す。

よそと比べて静かなお祭りに、初めは不思議がっていたけれど、土地に馴染むにつれて、積極的に参加するようになった。店があるのに、無理をして何度か役員を務めたことさえある。

残念ながら、楽才はなかったために、囃子方になるのは夢に終わったが……

青年の手元に、雛屋が用意した小さな菓子折りが置いてあるのが見えて、私はほっとした。どうやら、あの子たちは今年も間に合ったらしい。

私の視線に気付いたのか、彼は続けた。

「特に高野町は、毎年、楽しみですねん。役員さんも親切やし、僕らみたいな店にもね、一軒一軒お菓子が配られるんですわ。町のお菓子屋さんからなんですけど、これがまた旨いんですわ。ご存じですよね、ヒナ屋？」

「ヒヨコ屋、です」と、私は苦笑した。

「なんや、ヒヨコやったんかいな。僕ずっと、ヒナ屋やと思ってましたわ。ヒヨコ屋とはまた、可愛らしい名前やなぁ」

照れ隠しのように、盆の窪に手をやる青年に、私は顔をほころばせた。

あのおじさん――もしかしたらこの人のひいおじいさんかもしれない人に――もしくはその息子さんにも――私は菓子折りを手渡したことがあったやもしれない。

夫に寄り添って「お疲れさまです」と、出店を一軒一軒挨拶して回ったことが、昨日のことのように思えた。

――よかった、よかった。今年も無事に終わった――

――ええ――

――さあ、神さんを迎えに行こう――

最後の菓子折りを配り終えた後は、そんなことを言いながら、肩を並べていそいそと、山車を迎えに斎場へ向かったものだ。

「また、来年もみえますか？　そのぅ……懐かしくてねぇ」

「ええ、もちろん」と、爽やかに彼は応えた。

たたっと足音が帰ってきて、美樹の手が私の手に触れた。

「おーばあちゃん、かみさまを見に行こう」

「お友達はもうええの？」

「うん。おむかえの人が来たから、もうええの」

「そう？」

「男の子なのにね、きものきてるんよ」

「あら、男の子なん？　誰じゃろう？」

「ひみつ」

すました顔で美樹は言った。

「町の子じゃないんよ」

「ふうん」

「ゆきちゃんよりも、頭よくて、かっこええんじゃから」

「まあ」

それは秘密にしたいわなぁ……と、私は苦笑した。

「ねえ、みきもこんど、きものきたい」

「そうじゃねぇ……」

あの時の紅葉の着物はもうとっくに無いが、探せば詩織か志帆が着ていたものが家のどこかにあるだろう。

それにしても、お迎えの人とは。

美樹の新しい友達も、その昔のやっちゃんのように、こっそりおうちを出て来たんじゃろうか。

美樹に手を引かれ、私は一人でくすくす笑いながら、出店の向こうに見えるススキの群れをちらりと見やった。

……ススキの間からひょいと顔を覗かせたのは、背の高い男の人だった。

「安那様、こちらですか？」

銀鼠《ぎんねず》の着物を着たその人は、驚いている私を見ると腰をかがめて微笑んだ。

「おや、迷い子ですか？」

「楓」

「まいごじゃないわ」

「いけませんよ。じきに、すっかり暗くなってしまいます。ご家族やご友人が心配されるでしょう」

楓さんは思っていたよりも、ずっと優しそうな人に見えた。やっちゃんが「大目玉」となどと言うから、すごく怖い人を想像していたのだ。

楓さんに言われて辺りを見回すと、夕まずめも過ぎ、空には星が瞬《またた》き始めていた。

山車が来たのなら、父や母もとっくに斎場に着いている筈だ。

「安那様」

楓さんが、じっと、問うようにやっちゃんを見つめた。

「楓。そのう、おれはな……」

「言い訳は聞きませんよ。早く帰っておもてなしの用意をしなければ」

「おれはな、里見のじじさまと一緒に帰るからよいのじゃ」

「いけません。親しき仲にも礼儀あり、でございます」

静かだがきっぱりと言う楓さんに、やっちゃんがしどろもどろになるのも判る気がした。

「むぅ……」

口を尖らせるやっちゃんをよそに、楓さんは私に向き直った。ぺこり、と子供の私に丁寧に頭を下げる。

「安那様がお世話になりました」

「あのう」

村ではまだ、こんな風に一人前に扱われることがなかったから、私はおどおどして口ごもった。

「うむ。練り飴をな、馳走してもらったのじゃ」

「さようでございましたか。困りましたね……今日は持ち合わせがありません」

「いいの。とりかえっこしたの」と、私は慌てて言った。

「そうなのじゃ。京の飴とな、取り替えっこしたのじゃ」

「そうでしたか」

「うむ。実に美味であった」

「それはようございました。ええと、こちらは」

「みっちゃんじゃ」

「みっちゃん……ですか。さあ、帰りましょう。すぐそこまでご一緒いたします」

倍ほども背丈のある楓さんにうながされて、私たちは草むらから表に出た。

「暗いからの。足元に気をつけねばならぬぞ」

やっちゃんはそう言って、私に手を差し伸べた。

私ははにかんで、秋桜のついた手でやっちゃんの手を取った。

祭壇の前に山車が止まり、祭壇とお囃子を囲むように人々が輪になっている。遠巻きにござを敷いているところでは、足腰の弱くなったお年寄りが、それでも山車を見ようと身を乗り出すようにしていたり、既に出来上がったおじさんが、千鳥足で奉納舞の真似をしたりしている。

近付くと、輪の外にいたしんちゃんの素っ頓狂な声がした。

「みっちゃーん。どこ行ってたーん？」

手をつないでいるのを見られるのが恥ずかしくて、私はぱっとやっちゃんの手を離した。

気を悪くしたかと慌てて窺うと、そんな様子もなく、やっちゃんはにっこり微笑んだ。楓さんが、またしても丁寧に頭を下げる。

「それでは、私どもはこれで」

楓さんがやっちゃんの手を取って、やっちゃんは反対側の手を振った。

「また会えるとよいの」

「うん」

でも、またって、いつ？

後ろ髪を引かれるような私を、「みっちゃーん」と、再びしんちゃんが呼んだ。

「みっちゃーん」

フミちゃんの声もして、私は声のした方を見やった。

「みすずー」

フミちゃんの隣りで、母も呼ぶ。

なんだか随分長いこと離れていたような気がして、私は急に母が恋しくなった。

「いま、いくー」

大声で応えて、たっと母の方に走り出し——私はすぐに振り返った。

「ねえ」

来年もまた来る？

そう訊いてみようと思ったのに、振り返った先にはススキが揺れているだけで、やっちゃんも楓さんも、既に姿を消していた。

もういなくなっちゃった……

きゅっと締め付けられるような想いがして、私は胸に手をやった。

山沿いに風が渡り、ススキがさざめく。

遠くで、鈴の音が鳴ったような気がした。

背伸びして見上げた先は暗い山だが、山の向こうには鈴さんがいる。

すずさんも、里見のかみさまをまっちょるんじゃ……

わたしも、かみさまをむかえに行かんと。

踵を返し、まだ少し切ない胸を抱えて、私は人々の輪に駆け寄って行った。


あれから結局、やっちゃんに会うことはなかった。

からかわれるのが嫌で、私はあまり多くを語らなかった。

生きとれば、今頃やっちゃんも立派なお爺さんじゃねぇ……

杖を握る、自分の手を見て苦笑する。

あの日やっちゃんとつないだ、秋桜の咲いていた手は今はもう皺くちゃだ。

「おばあちゃーん!」

遠くから、志帆が私を呼ぶ声がした。

今では、私を「みっちゃん」と呼ぶのはフミちゃんだけだ。しんちゃんは戦争で亡くなったし、村で嫁入りしたりっちゃんも、亡くなってもう六年だか、七年だか。この十年で幼馴染みは次々と身罷《みまか》り、後に残された身としては寂しい限りだ。

「あ、しほちゃんだ。ママも。ママー」

美樹が貴紗子さんの方へと駆けて行く。逆に志帆は私の方へ歩み寄って来た。

「おばあちゃん、大丈夫？　暗いから足元に気ぃつけて」

「はいはい」

差し伸べられた志帆の腕につかまって、私はゆっくり斎場へ向かって歩き出した。

歩きながら、ぼんやりと、美樹の新しい友達のことを考えた。

もしも……もしも、やっちゃんが戦争を生き延びていたら。

私と同じように、無事に大人になって伴侶を得ていたなら。

今頃、美樹と同じくらいのひ孫がいても、おかしくないのではないだろうか。

あの時の私たちのように、何十年も経って、ひ孫同士が出会うということだって、ないとは言えないのではないだろうか。

今思えば、楓さんが「様」付けしていたやっちゃんは、お殿様とは言わないまでも、どこか名のある家のご子息だったのだろう。

戦後はそれこそ、お姫様のようなお嫁さんを迎えて、幸せに暮らしたのではないだろうか……

そんなことを勝手に思って、私はつい笑みを漏らした。

「――おばあちゃん、何かいいことあったの？」

にやにやしている私を見て、志帆が訊いた。

「うん、お殿様が……」

「お殿様？」

あら、いけない。あなた、ごめんなさい。

志帆に問い返されて、私は心の中で慌てて夫に謝った。

私のお殿様は、あなただけでしたよ……

――自営業の泣きどころで、なかなか二人揃って休みが取れなかった。

結婚した時は既に不穏な世の中で新婚旅行どころではなく、戦後は子供も生まれてばたばたしたために、結局、隠居するまで旅行らしい旅行をしたことがなかった。

これからは存分に出かけられるぞ――と言った夫の望みは一年と叶わなかったが、その短い間に二人きりで遠出した場所が二つある。

一つは春の吉野。

「うちは菓子屋。花より団子だ」

花の季節にはいつも冗談めかしてそう言っていたあの人にしては、気の利いた提案だった。互いに「一生に一度は」と思っていた場所で、本当にそうなってしまったのが、返すがえすも残念である。想い出はいつも美しいというけれど、あの年の桜はそれは見事で、私は後にも先にもあれより美しい花を見たことがない。

もう一つは初秋の小田原。

あの人の実家があるから、それまでも幾度か訪ねたことがあったけれど、お葬式や法事が主でゆっくりしたことがなかった。夫の自慢は小田原城で、天守が復元されたのは戦後だが、子供の頃から、室町時代の「難攻不落」「無敵のお城」という逸話を聞いて育っただけに、公園を見てまわるあの人は子供のようにはしゃいでいた……

「お殿様ってなんなん？」

志帆が小首をかしげて、再度問うた。

「それは……あれじゃが、小田原のお城の……」

誤魔化すために私は言った。

「小田原の？」

やれやれ。

こうして「ボケた」だの「耄碌《もうろく》した」だのと言われるようになるんじゃわ……と、私は内心苦笑した。

「おじいちゃんと、小田原に行った時を思い出したんよ」

「おじいちゃん、そっちの出じゃったもんね」

「そうよ。いにしな熱海に寄ってなぁ。京都にも寄ろうやぁ言うてたのに、おじいちゃん、お祭りの準備が心配で、結局寄らずに帰って来てしもた」

予定より二日も早く帰って来た私たちを、康助さんは目を丸くして迎えたものだが、そこはできた婿で、「助かります」と、笑って夫に頭を下げてくれた。

「年に一度のことじゃもん。おじいちゃん、楽しみにしとったんよ」

「そうなんよ。毎年、張り切ってねぇ……」

「でも、嬉しいじゃなぁ？　お父さんも貴紗子さんも、毎年大変だけど、大変だーって言いながら、楽しみにしとるもん。そんなんが、私は嬉しいけどなぁ」

奇《く》しくも、康助さんは岐阜、貴紗子さんは和歌山と、四代に渡って他県との縁が続いた。縁あってわざわざ来てくれたのだからと、こちらもそれなりに気を遣ったものだが、どちらも上手いこと、この土地に馴染んでくれて安心している。

二人のことを「嬉しい」と言った志帆が、私にはまた嬉しい。

亡き夫は祐人がお気に入りだったようだが、女同士だけあって、私には志帆の方が近く感じる。独り身で自由な分、ここ数年は詩織や貴紗子さんよりも、話や買い物に付き合ってくれることが多いし、町の外で暮らしたこともあるから見聞も広い。

菓子作りも丁寧で、正直、職人としては祐人よりも秀でていると思うし、お菓子を作っている時の、まっすぐで凛とした様子が、亡き母を思わせることもしばしばだ。

いずれは嫁に行ってしまうだろうが、お菓子に興味を持たなかった縁《ゆかり》とは違う。どこへ嫁いでも菓子作りを続けて欲しいと思うのは、祖母の欲目だろうか。

「……そうそう。志帆に訊きたいことがあったんよ」

ふと思い出して私は言った。

「何？」

「ええと、絵本でね……なんじゃったかねぇ？」

「絵本？」

「うん。美樹にね、読んじゃろうと思って……ええと」

なんじゃったかいね？

嫌ぁだ。忘れないうちにと思うてたのに、もう忘れとる。

「まあ、ええわ。それより、あんたの小さい頃の着物、まだ残っとるかねぇ？」

「うん。多分まだあるわ」

「美樹に、仕立て直しちゃろうと思うてね」

「じゃあ、探しとくわ」

ふふっと、志帆は微笑んだ。

「向こうでね、高松のフミおばあちゃんを見たわ」

「そう。そうなんよ。ひ孫さんが笛を吹いとるんよ」

「そんで出てきたんじゃね。懐かしいわぁ」

「ほんと」

「あ、おばあちゃん、練り飴買《こ》うたん？　ええなあ。私も後で買いに行こ」

「……あの練り飴屋さん、大阪から来ちょるらしいわ」

「へえー。去年と同じ人かなぁ。——あ、山車がもう着くわ」

わあっと遠くで歓声が上がって、ふいに気が急いてきた。

「急がんと」

心もち足を早めると、志帆が慌てた。

「ちょっと、おばあちゃん、気ぃつけて」

「早《はよ》ぅ行かな、舞が始まるがな」

「奉納舞が始まるのは、もう少し後よ」

「でも、早よぅせな、ええとこに座れんが」

「フミおばあちゃんが、椅子を取っといてくれとるよ」

出店のトンネルを抜けた先にある斎場は、そこだけぽうっと明るくて、宙に浮かんでいるように見えた。歩むごとに、ちらちらと提灯の灯りが見え隠れして、何十年分もの光景が浮かんでは消える。

父に肩車をしてもらって、山車を見やる小さな私。

上から覗いた、父に寄り添う母の長いまつげ……

フミちゃんと手に手を取って切通しを駆け下りたのは、学校に上がった年だったか。

大きくなって家を手伝うようになってからは、お祭りに着くのはいつも夕暮れ。祭壇の前に陣取っている村の友達が、遅れてくる私を囃《はや》しながら手招いてくれた……

「……フミちゃんが待っとるんよ」

「うん」

――さあ、神さんを迎えに行こう――

弾んだ声の夫と、何度この道を一緒に歩いたことだろう。

子供らは、私たちの姿が見えると、遠くからでもそれと判るように、大きく手を振ったものだ……

「みんな待っとるんよ。早ぅ行かんと……」

出店を抜けると、一瞬暗くなった足元を、今度は斎場の灯りが照らす。

山車はもう、すぐそこまで来ている。

「どうしたん？　急に張り切っちゃって」

「じゃって……」

呆れ顔の志帆に、ふふふ、と私は微笑んだ。

お囃子が近くなる。

村の皆が、神さまの到着を、今か今かと待っている。

「今日は、年に一度のお祭りじゃあないの……」

十四年目の夏休み

——2010年　夏

「セーブして」

キーを叩いてファイルを保存する。

「ジ・エンド」

小説を書いたことはないけれど、エンドマークをつける快感はきっと同じだろう。

「終わった。終わったー」

喜びを声に出して、虚しくも一人だったことに俺は気付いた。

集中したい時は、オフィスに行かずに家でやる方がはかどるからそうしてるけど、一人で閉じこもっていると、知らず知らずに思ったことを口にしているのがコワい。独り住まいとはいえ、お年寄りならともかく、いい若いもんがどうよ？　と、自分自身にツッコミたくなるのがまたヤバい気がする。

……とりあえず、ヒゲでも剃るか。

六月に入っていい季節になったのに、プロジェクトが押せ押せで、この一ヶ月はほとんど休みなく過ごしてきた。特に大詰めのここ二日はカンヅメ状態で、ろくなものを食べていないし、ヒゲを剃る余裕もなかったのだ。

ブラシで石鹸から贅沢に泡を立て、顔中に塗りたくってから、丁寧にカミソリであたっていく。職業柄、パソコンを含む最先端電化製品をこよなく愛しているが、電気シェーバーだけは何故かいまだに馴染めない。

泡の半分がなくなったところで、スマホが着信を知らせた。ボイスコマンドで応じると、イアンのスーパー陽気な声が飛び出した。

「アッロー、トウヤ！　終わったんだってな！」

「……早いな」

「ピートがテキストしてきた」

同僚のピートはとっくに担当ファイルを終えていて、チェック作業をしながら、俺のファイルが送られてくるのをオフィスで待っていた筈だった。

「どっか、飲みに出ようぜ」と、俺は誘った。

疲れは溜まっているが、仕事が片付いた祝いに、どこかで一杯やりたい。

「そう思ってコールしたんだ。どこ行く？　フューム？」

「そこまでの体力はない。ダドリーズでどうだ？」

「はっはっは。実は今、ダドリーズなんだよーん」

「なんだ」

フュームはシックなラウンジだが、ダドリーズは近所のお手頃パブだ。酒は安いし、食べ物もそこそこ旨い。互いのフラットのほぼ中間地点にあるだけあって、イアンと俺の行きつけでもある。

行き先が決まったら、急にひどい空腹を覚えた。ダドリーズ特製のミートパイやチップスが目の前をちらつく。

電話を切って時計を見たら、午後七時になるところだった。出かけるにもちょうどいい頃合だ。

さくっとシャワーを浴びて、適当に着替えると、俺は足早にダドリーズに向かった。

俺は結局、ピアニストにはならなかった。

中二の夏に親と共にロンドンに引っ越してきて、学校に通いながら、母さんの探してきた某有名ピアニストの下でレッスンを続けた。

モチベーションは充分あったけれど、コンサート・ピアニストになれないことは、早い段階から判っていたと思う。どうあがいても小さなコンクールでの下位入賞が精一杯で、名のあるコンクールでは、二次選考さえ通過できないことが多かった。

母さんの手前、大学は一応音楽科を卒業したものの、在学中の成績はいまいち、コンクールでも特に実績がないとなると、ピアニストとして就職するのは困難だった。

何より、俺のピアノ――特にクラシック――に対する情熱は薄れつつあって、むしろロンドンに来てからはまったパソコンに俺は夢中だった。

大学で友達になったピート・バセットに誘われるままプログラミングを学び、卒業後にピートと揃って、ロンドンに本社を持つゲームソフト会社「アルビオン」に就職した。

アルビオンは大手ではないが、コンスタントにヒットゲームを出しているから、ゲームファンの評価は高い。

初めの数年はピートと一緒に企画やプログラミングをしていたが、面白半分に音楽ソフトで作ったフレーズが社内でウケて、一曲フルに制作してしまい、それがまた開発中だったゲームに合うということで、他の曲も作る羽目になり……そんなこんなで、ここ三、四年はゲームそのものよりも、音楽を担当することが多くなった。

作曲といってもソフトを使ってるから、プログラミング同様、机にかじりついているることには変わりない。ピアノはデジタルが一台あるだけで、テーマを模索している時には役に立つけれど、普段は指慣らしに使う程度だ。それでも幼い頃から培ってきた音楽関係の知識は大いに役立っているし、音楽科を出た意地もある。初めの作品こそどことなく実験的だったが、二作目、三作目からは、自分でもかなりいいものをリリースしてきたと自負している。

いまだクラシック至上主義の母さんの評価は微妙だが、父さんや姉貴は、これまでの投資が無駄ではなかったと、俺のこの新たな「特技」を素直に喜んでくれているし、俺自身も意外な自分を発見した気分だ。

音楽ソフトという新しい分野で遊べるのも面白いし、仕事が趣味を兼ねているようなものだから、この数年は勢いにまかせて仕事に没頭してきた。仕事が立て込んでくると曜日の感覚がなくなるから、人並みに金曜の夜に出かけるのは久しぶりだ。

ダドリーズに着くと、イアンがビール片手に、カウンターから手を振った。

百八十ちょっとの俺は、アジア人にしては高い方だが、イアンは二メートル弱の長身だ。白人にしては細い方だと思うけど、すらりという感じではなく、節々がごついからか、のっそりとした印象がある。ブルーではなくグリーンアイズが優しく、少し癖のあるブロンドがふわふわしていて、見た目に違わず性格もおっとりしている。

俺が隣のスツールに腰かけると、目を細めて、実に幸せそうにビールを掲げた。パイントグラスが、イアンの手の中だとえらく小さく見える。

「カンパーイ」

これはイアンが知っている数少ない日本語で、最も使用頻度が高い言葉だ。

「とりあえず、ビール。あと、なんか食いもん」

馴染みのバーテンダーが、心得たように俺の好きなラガーを差し出し、奥のキッチンに声をかけてくれた。

「ピートも後で来るってさ」

「あんま寝てないんだよ。もつかな、それまで」

「金曜だぜ。そんな軟弱なこと言うなよ」

「しょうがないじゃん、忙しかったんだからさ」

「そんなだからカレンにも振られるんだよ」

ん？ と思って、俺はまじまじとイアンを見つめた。

「あれは俺が振ったんだ」

「あれ？ 俺はカレンが振ったって聞いたけどな」

「誰から聞いたんだよ？」

「グレイス」

グレイスはイアンの彼女で、カレンはグレイス経由で知り合った女の子だった。

「ガールフレンドの言うことだからって、鵜呑みにするなよ」

「グレイスは嘘はつかないよ」

「カレンはつくんだよ」

「なるほど」

あっさり納得したイアンがおかしくて、アルコールも手伝ってか、やっと金曜らしい気分になってきた。

天然で人のいいイアン・マカーシーとは、中学からの付き合いだ。

今でこそネイティブ並みになったものの、こっちに来た当時、俺は随分英語に苦労した。なんせ特別なレッスンもなしに、普通の中学生が急に渡英したのだ。英語の成績が良かった訳でもなく、特に社交的な性格でもなく、自分で望んで来た訳でもない。

「子供なんだから、すぐに慣れるさ」というのは大人の勝手な了見で、趣味や話が合わないだけでなく、言葉のおぼつかない外国人と、好き好んで遊ぼうという子供は稀だ。ましてや俺はピアノの練習もあって、普通に遊べる時間も限られていた。クラス委員タイプの世話好きな子らがいることはいたが、俺が本当に学校に馴染んだと思えたのは、ある程度英語が話せるようになった二年目からだった。

　それまでのストレスはピアノで解消されている部分があって、それがしばらくはピアノにも効果的だったのだが、学校に慣れてくると、そこは思春期の子供だ。流行りのものに手を出したり、気になる女の子ができたりと、徐々にピアノに費やす時間が短くなっていった。

　天才はどうだか知らないが、ピアノはスポーツに似ていて、日々の積み重ねがいざという時ものをいう。俺が伸び悩んだのは当然で、成果が出ないとやる気も失われていくという悪循環だ。

　イアンとは、学校ではなくストリートで知り合った。引越して数ヶ月、まだ街に慣れていない俺が迷いかけた時に声をかけてくれたのだ。家が意外に近いことと、同じ学校に通っていることが判って、そのうち一緒に登下校するようになった。日本もクラシックもほとんど知らないイアンだったが、聞き上手というのか、どんな話も面白そうに聞いてくれるし、俺がどんなに口ごもっても、にこにこして続きをうながしてくれた。話したいけど話せないもどかしさを抱えていた俺には、あの頃のイアンの忍耐強さが本当にありがたかった。

――のちにそれは、天然の呑気さだと知ったのだが。

ひいおじいさんがアイルランド出身で、俺の父さんがフィドラーだと知った時は、一家総出で歓迎してくれた。家族で招待されたディナーで父さんと一緒にフィドルを演奏し、マカーシー一家に手放しで喜んでもらえた時、楽器が弾けてよかったと、心から思ったものだ。

こういう家に育つとこういう人間になるのかと感心するほど、マカーシー一家は皆おおらかな人間ばかりだ。中でもイアンの人の好さと天然ぶりは群を抜いている。

こんなにぽや～っとしているのに、冗談で応募した父さんの勤める証券会社に採用されて、いまや押しも押されもせぬトップディーラーの一人なのだから、世の中は判らないものだ。

いや、この勝負強さは天然ならでは……か？

「そういやトウヤ、再来週から休みなんだって？　ずっと忙しかったもんな。ここんとこ天気もいいし、いいな～、バケーション」

「というか、なんか最近、調子出ないっていうか。だからしばらくのんびりして、気分転換したいんだよ」

「あ、それ知ってる。トウヤ、ニマッテルんだろ？」

日本オタクなピートはともかく、イアンは時々思わぬ日本語を口にする。

「ニツマッテル、だよ」

「人生に疲れた、って意味なんだろ?」

アンディが教えてくれたんだ、と、自慢げにイアンは胸を張った。

イアンの同僚のアンディは、イギリス生まれの日中ハーフで、イアンのカタコト日本語の半分はアンディがソースだ。先月から会社に損を出し続けているアンディは、今、人生最悪に煮詰まっているらしい。気分転換に週末は街を離れる——と、今日はマーケットが閉まると同時に空港に向かったという。

「そう……かもな。でもなんか、お前に言われると癪《しゃく》だな」

「ひでー。俺にもニマッテル時があるさ」

「ニツマッテル、だって」

「ミツマッテル」

「もういいよ」

「どっちにしろ間違ってるし」

ひょいと後ろからピートが顔を出し、にやりとして言った。

「早かったな」

「え、間違ってる?」

イアンと俺がそれぞれ言うのを片手で制して、「ビール」と、ピートはカウンターに声をかけた。バーテンダーは小さく頷いて、ピートのために今度はポーターをグラスに注ぐ。

「ニツマッテル――ニツマル――というのは本来、完成や結論に近づくという意味で、人生に疲れた、つまり、行き詰まっているという意味で使うのは間違いなのさ」

出されたビールを半分ほど一息に飲んでから、ピートが言った。

「マジで？」と、思わず日本語が出た俺に、

「マジで」と、日本語で応えてから、ピートはイアンを見上げた。

「ただし、最近はアンディやトウヤのように、逆の意味でこの言葉を使うことが、特に若者に多いそうだ」

同い年だろ、とツッコミたくなるのを我慢して、スマホで手早く検索すると、ピートが言った通りのことが書かれていて、日本人として俺は軽くヘコんだ。

「へえー、さすがピート」と、イアンは素直に感心している。

日本オタクを自称し、日本語も日常会話程度ならお手のもののピートは、日本のことだけでなく、政治、経済、テクノロジー、アート、ワインなど、幅広い守備範囲を誇る情報通だ。イアンとは対照的に背は低いが、身のこなしは軽く、メガネをかけているのに全然オタクっぽくない。早口だが自信に溢れた話し方といい、身につけているもののセンスといい、あらゆる意味で実にスマートな男だ。イアンとピートが並んでいると、そのギャップがおかしくて、つい忍び笑いを漏らしてしまうのは俺だけではないと思う。

「でもさ～、アンディは判るけど、トウヤはなんで？」

のほほんとイアンが訊ねた。

「プロジェクト、OKだったんだろ？　アルビオンは業績いいし、それにトウヤ、著作権もらってんじゃん？　CDからも金入ってるんだろ？」

ゲームミュージックの作曲は業務の一環として始めたことなので、ソフトからの著作権料はほとんど入らないが、会社の厚意で、CDからはかなり入る。

「……金の問題じゃないんだ」

プロジェクト終了間際は修羅場でも、アルビオンの待遇は良くて、勤務時間にも給料にも契約にも、特に不満はない。

「じゃあやっぱりカレン？」

「だから、あの女はもうどうでもいいんだって」

「じゃあなんで？」

「さあ……なんでだろうな。なんでか判らないから、余計に面倒くさいんだよ」

なんでだろう？

俺が煮詰まっている、もとい、行き詰まっていると感じ始めたのは、半年ほど前だ。

仕事は順調で、ミリオネアではないけれど、同年代に比べたら稼いでいる方だ。一応世界的に有名な街に住み、欲しい物は大抵手に入るし、入れられるだけの経済力もある。オタクが多い業界だけど、ソーシャルライフも充実してるし、時間さえ合えば、こうして気の合う仲間と街に繰り出すことが多い。

カレンと別れてからこの三ヶ月くらいは女の子に縁がないが、彼女に未練はまったくないし、気を遣わなくていい分、シングルはむしろ——負け惜しみでなく——気楽だ。イケメンとはとても言えない俺だが、人並みだという自負はある。そのうち新しい恋だって見つかるだろう。

なのに——特に理由がある訳じゃないのに——何をしてても今一つ気持ちがアガらない。

仕事に慣れてきたせいなのかな……

初めはあれこれ目新しかったソフトも、試行錯誤するうちに自分に合ったものが見つかり、今やアレンジも自由自在。根本的なテーマを決めるまではそれなりに苦悩があるけれど、大体の色合いが決まれば後は創作というより、工作という方が近い気がする。することも手順も判っていて、ゲーム一本分、CD一枚分を埋める工程をこなしていくだけだ。

だからと言って、マンネリ化した訳ではない。自分がいいと思うものだけをリリースしてきたと思ってるし、会社やクライアントの評価だって悪くない。

ただ、時々「あれ？」と思うことがある。

のんびり散歩している途中で、目の前を何かが通り過ぎたような感覚。足を止めて辺りを見回すけれど、何が通ったのか、本当に通ったのかが、はっきりしない。訝しがりながらも再び歩き出すけれど、どうしても引っかかる。

何か、重要なことを俺は見逃してるんじゃないのか？　何が通ったのか、本当に通ったのか、もっとじっくり確かめてみるべきだったんじゃないのか……？

そんな思いが後を引いて、そうしなかった自分にうっすらとした苛立ちが残る。

こんな風に原因の判らないスランプは初めてだ。――というより、生活にも仕事にも特に支障がないだけに、これがスランプといえるのかどうか。

情報過多世代の一人として、とりあえず自分を客観的に分析した結果、俺は至って平凡な解決策を試してみることにした。

日常から離れる――つまり、しばしの休暇を取ることにしたのだ。

ヨーロッパでは、日本では信じられないくらいの長期休暇が取れるが、仕事に夢中だったのと、特に必要を感じていなかったために、俺は今まで長くてせいぜい二週間程度の休みしか取ったことがない。同僚に比べて有休も溜まっているから、今回は思い切って一ヶ月申請してみたら、ボスからはあっさりＯＫが出た。

ボスのような家族持ちは、子供に合わせて夏休みを一、二ヶ月取ることもある。

「一区切りついたんだから、もっと休んでもいいんだぞ？」と真顔で言われて、俺は自分が職場で、自分で思っているより日本人っぽい――ワーカホリック――と思われていることを知った。

「だからジブンサガシの旅に出んだよな－」

からかうようにピートが言って、ビールの追加をオーダーした。

ボスは俺のスランプを、三十路ブルーじゃないのかと冷やかしたが、三十歳まではまだ二年弱もある俺としては釈然としない。

「出ねぇよ」

「え、だってまさかロンドンで一ヶ月も？　だったら働けよ」

「ヤだよ」

ボスは「さすが日本人。よく働く」と、俺を評価してくれているようだが、同僚で俺より働いているのがピート――生粋の英国人――だ。インテリで日本オタクなだけでなく、ゲーマーとしても超一流のピートは、プログラミングを天職だと思っていて、俺以上に仕事が趣味を兼ねている。

「ジブンサガシ？」

首をかしげるイアンに丁寧に意味を説明してから、ピートはにやにやと俺の顔を覗き込んだ。

「とにかく旅には出るんだろう？　いいねぇ、リアル・ロールプレイング。どこ行くんだよ？　東京？」

新宿もアキバも浅草も、アニメもマンガも時代劇も、寿司もしゃぶしゃぶもラーメンも――一緒くたに愛してやまないピートには、東京が聖地なのだった。

「お前、東京が今、どれだけ暑いか知ってるだろ。絶対ヤだね。まずスイスだろ。それから近場でコーンウォールとかウィックローとかまわって来るよ」

生まれ育った場所だから俺も東京は好きだが、夏の東京は癒しを求めて行くところではない。それに、自分探しとか転地療養とか大げさな話じゃないけれど、少し都会を離れる方がいい気分転換になるだろう。

「え、いいな。俺も行きたい」

イアンが乗り出すのへ、俺は溜息をついた。

「何が楽しくてヤローと二人旅なんだよ」

「ウィックローなら、グレイスも行きたいっていうかも」

「そういう問題じゃねぇ」

「はっはっは」

ピートが莫迦ウケしてる横で俺がもう一度溜息をつくと、ポケットの中でスマホが震えた。

ちらりとディスプレイを見ると、家からだ。

「もしもし」

(もしもし、冬弥?)

しばらくぶりの母さんの声がした。

「うん。早いね。何かあったの?」

両親がロンドンにいたのは正味四年ほどで、俺が大学に入った年には、父さんは辞令を受け取って東京へ呼び戻され、昇進を果たしていた。両親とは、思い出したようにメールでやり取りしているものの、こうして電話がくるのは珍しい。

(なんか、早起きしちゃって)

年なんじゃないの？　と言おうとしてやめた。

(久しぶりに電話もいいかなと思ってね)

「ふうん」

(特に、何にもないんだけどね。——あ、春彦《はるひこ》が引越しすることになったのよ)

「へー」

(それでね……)

今、友達といるから……と、早々に切り上げようと思った矢先、聞き捨てならない話が電話の向こうで始まった。


十四年前、俺は神さまに出会った。

こう言うとロンドンでは大多数が、ジーザス・クライストを思い浮かべるだろう。しかし俺が出会った神さまは、自称「鈴守」という小さな子供の神さまで、八百万からいると言われている日本の神さまの一人だった。

いや、彼らの住む世界が「日本」なのかどうかもよく判らない。神さまというのも、俺たち人間が勝手にそう呼んでいるだけらしい。ちなみに、沙耶――と名乗った鈴守さま――は、金でできた鈴を鳴らし、その鈴を守るのが役目で、人間の願いごとどころか、自分のための饅頭一つ思い通りにはならないという、全知全能・奇跡万歳のジーザス・クライストとは一線を画する神さまなのだ。

その存在は、実際に目《ま》の当たりにした俺でさえ、なかなか信じられないものだった。十年以上経った今では、やはり夢だったのではないかと疑う時さえある。

……でも、俺の手元には、ささやかな「証拠」が残っている。

中学の時から書きためている五線ノートには、沙耶からもらった干菓子の包み紙が挟まっている。

沙耶の鈴の音を聴いた時や、沙耶とウサギが追いかけっこをした時に思いついたフレーズを書き留めたメモも張ってある。

それにこの傷。

沙耶に追われたウサギに噛みつかれてできた小さい傷が、俺の左手には微かに、いまだに、残っている……

ロンドンに住むようになってからも、日本には年に一度は帰国した。

春休みや冬休みに東京へ戻っては、我が家を懐かしんだり、友達に会ったり、日本製品を買いだめしたりした。

でも俺は、一度も高野町には戻らなかった。

夏休みに日本に帰ったこともなかった。

日本の夏は蒸し暑いし、夏休みは大抵、サマースクールやピアノの特別レッスンに追われて過ごしたからだ。

……というのは言い訳で、実はどこかに、後ろめたさがあったからだと思う。

あの年の……十四歳の夏に、約束を果たせなかったから。

——それに俺、夏休みにまた戻って来るよ。夏休みは長いから、もっとたくさん遊べるぜ——

——ほおお。それはよいのう。ならば約束じゃぞ、冬弥——

——うむ。約束じゃ——

そう、沙耶と約束したのに。

じいちゃんが亡くなった後は、ハル叔父さんが数日かけて家を片付けたというから、沙耶たちは少なくとも、じいちゃんがいなくなったことは判った筈だ。

挨拶もなしにじいちゃんが引越す訳はないし、町の人が噂しただろうから、じいちゃんが亡くなったということも知っているかもしれない。

でも、俺のことはどうだろう？

楓殿だったら、じいちゃんのことから俺の事情を察したかもしれない。

でも沙耶は……きっとがっかりしただろうな。

連絡も何もしないで約束を破った俺に、失望したに違いない。

今思えば、かなり変なお願いに聞こえるだろうけど、ハル叔父さんに頼んで、家にメモでも張ってもらえばよかったのだが、あの時はそんな機転は利かなかった。

翌年の夏に帰れなかったから、余計に足が遠のいた。

三回目の夏が来た時には、俺はもういっぱしのロンドンっ子きどりで、友達と女の子と学校のことで頭が一杯で、遠い日本の、更に田舎の高野町のことなんて、すっかり忘れていた……

沙耶のことを再び、折にふれて思い出すようになったのは、社会人になってからだ。家族旅行ではなく、休日に一人旅をするようになって、若き日の父さんや、じいちゃんが巡った場所へも足を運ぶようになった。

ダブリンで二人が意気投合したというパブは、いまだ健在だ。遠い昔に、じいちゃんの土産話に登場した場所を訪ねる度に、じいちゃんのこと――特に、あの春休みのことを思い出した。

仕事で作曲をするようになってからは、アイデアを求めて、書きためてきた五線ノートを開くことも多くなった。

ノートを開き、「証拠」を見つめていると、どうしてもあの時の約束が頭に浮かぶ。果たせなかった、小さな神さまとの約束。

沙耶は今も、あそこで鈴を守っているんだろうか。

あの家には今、誰が住んでるんだっけ……

ぼんやりと、しばし高野町に想いを馳せては、あえて確かめに行こうというほどの決意には至らず、現実に戻る。そんなことが、新しいプロジェクトが始まる度に繰り返された。

ところが、ダドリーズで受けた電話越しの母さん曰く、じいちゃんが住んでいたあの家を売却してはどうかという話が出ているらしい。

後ろの、沙耶の住む小山を含めて、だ。

彼《か》の地は有川家に代々伝わる土地だが、じいちゃんの言った通り、じいちゃんのひいじいちゃんが明治時代に東京に越してからは、あまり使われてこなかった。

じいちゃんが亡くなった後は、愛媛に転職していたハル叔父さんが休みの時に使ったり、人に貸したりしてきたらしい。

「みかん研究の第一人者」を自称するハル叔父さんは近々、愛媛の研究所と同様の施設を和歌山で立ち上げることになったそうだ。これは叔父さんにとっては「出世」になるらしく、今後また愛媛に戻る可能性はなかろうということで、不動産業を営んでいる父方の叔父の一人が、いっそあの土地を売り払ってはどうかと言い出したそうだ。

「忠生《ただお》叔父さんが？」

（そう。前に、お父さんの十三回忌の時にもそんなこと言ってたのよ。その時はまだ春彦も愛媛だったからねぇ。でも、もういいんじゃないかって）

「ちょっと待ってくれよ。そんな簡単に先祖代々の土地を売っちゃっていいの？」

（だってねぇ、いつまでも雛田さんのご厚意に甘えてる訳にはいかないもの。家だって、住む人がいないと傷むのも早いし……使わないのに、この先も税金を払い続けるのは莫迦莫迦しいでしょ……)

どちらかというと消極的な口調なのだが、母さんは既に叔父さんに説得された様子だった。

俺は知らなかったが、沙耶のお気に入りの町の和菓子屋、雛屋を経営する雛田家と俺のご先祖さまは、どういう縁だか昔から昵懇《じっこん》で、連翹荘に有川家の人間が住んでいない時は、家も神社も、雛田家が管理してくれていたらしい。

既に土地の買い手として、製粉会社が名乗りを上げているらしい。山を切り開いて、工場を建てるための用地にするそうだ。このご時勢だから、叔父さんの会社も大変なのかもしれない。あの土地にどれだけの価値があるのか判らないけれど、取引が決まれば会社にもいくらかまとまった手数料が入るんだろう。

「で、でも、あの神社は？　あそこは神聖な場所なんじゃないの？」

小さくて、鈴を鳴らすだけの神さまでも、一応？

(それは町の方で、しかるべき場所に移してくれるそうよ)

「しかるべき場所って、どこ？」

(しかるべき場所よ)

「そんな……」

母さんの話を聞きながら、俺は目まぐるしく考えていた。

社を移したら、沙耶たちの屋敷も移るんだろうか？

いや、こっちとあっちは重なってるけど、基本的には別世界だから、屋敷はそのまま残るのか。だとすると、屋敷の入り口が、今度は工場の中になるということもありうる。

工場ができたら、あの辺りの景色は一変するだろう。

自然が減れば、そこに住む動物たちも――野兎たちだって――消えざるを得ない。

これも時代の流れというべきなのか？

でも……

――この通り、この辺りは自然がまだまだ残ってる。まるで昔話の世界だろう？

いかにも八百万の神さまや、狐狸妖怪が活躍していそうじゃないか。そのおかげか、東京や他の大きな街よりは、彼らも行き来しやすいみたいだ――

そう、じいちゃんは言った。

だが、こんな風に二つの世界を繋ぐ「接点」は、どんどん失われていく。

そんなのは寂しいし、とても惜しい……

――神さまとか妖精とか、妖怪とか幽霊とか……そうだな、宇宙人とかネッシーだって、いた方が世の中、ずっと面白いじゃないか――

楽しげに微笑んだじいちゃんの顔が思い出される。

「……ちょっと待ってよ」

電話を切ると俺は即行、旅行サイトにアクセスして、日本行きのチケットをブックした。

そして、一週間後の今、こうして機上の人となっている。

十四年ぶりの日本の夏は……ただ、暑い。

飛行機を降りてボーディングブリッジに渡った一瞬に、むあ～んとした外気を感じて、俺は顔をしかめた。建物の中はエアコンが効いていて快適だが、外は湿気を含んだ空気で息苦しいほどなのが容易に想像できる。

空港には、姉貴が迎えに来てくれている筈だった。

いや、厳密には俺を迎えに来た訳ではない。

姉貴に頼まれて、この一週間、俺がロンドン市内を駆けずり回って集めた、お菓子だの雑貨だのバッグだのといったブツの数々を迎えに来ただけだ。

まだ夏休み前の筈なのに、空港自体がえらく混んでいる。税関を抜けて表に出た俺は、予想以上の人だかりに早くもうんざりした。カートでうろうろするのも面倒なので、電話をかけようかと思ったところへ「冬弥！」と、姉貴の呼ぶ声が聞こえてほっとする。

「遅いじゃん」

「俺のせいじゃねぇよ。つか、何これ？　人多すぎだろ？　盆休みでもないのに」

「あー、なんかさっき、有名人が帰って来たみたい」

姉貴が指差す方に一際大きな人の群れがあって、ゲートから出てきたばかりの人々もちらほらそっちへ誘われている。

野次馬の合間から、スーツを着た貫禄のある男がちらりと見えた。有名人＝女性タレントだと思った俺はちょっとがっかりしたけれど、見覚えのあるおっさんだ。

「誰だっけ、あれ？」

指差して俺が訊くと、姉貴は小首をかしげた。

「あれよ。去年、大河ドラマに出てた人」

「あ、判った。清水《しみず》次郎」

「莫迦。――鵜木次郎じゃん」

「あ、そうそう」

ピートが気に入っている、日本人アクターの一人だ。

「ピートがファンなんだよ。メールして自慢してやろー」

「あの子、ほんっと日本オタクだよね」

「はは……」

感心したように言う姉貴に、俺は苦笑した。

ピートは姉貴がロンドンに遊びに来た時に紹介しているし、最近は俺が一緒じゃなくても、日本に来たついでに俺の実家に顔を出している。大学時代には姉貴にほのかな恋心を抱いたピートだが、俺と同い年となると姉貴には七つ年下で、しかも遠距離。恋愛対象としてはまったく見てもらえず、やがて姉貴に彼氏ができて、想いを伝えることなくピートの恋は終わった。

その姉貴ももう三十五といい年なのだが、彼氏と続いている割にはまだ結婚する気配がない。母さんはやきもきしているようで、久しぶりの一家揃っての夕食でも、それとなく探るようなことを言って、父さんを苦笑させていた。姉貴は持ち前の要領の良さで飄々《ひょうひょう》と受け応えして、母さんをはぐらかしている。

話をそらすように父さんが俺の仕事について訊いてきて、しばらくは二人で音楽談義に興じた。パブで意気投合しただけあって、実の娘の母さんよりも、性格は父さんの方がじいちゃんに似ていると思う。ケルティックが専門だが他ジャンルの知識も豊富で、曲のテーマから裏話まで、一緒に話をしていて飽きない。俺の使っているソフトにも興味津々で、いつ練習したのか、食後に俺が作曲したゲームミュージックをケルティック風にアレンジしたものを弾いてみせて、家族を和ませた。

夜になって姉貴は自分のアパートに帰ったが、俺は実家で一晩を過ごし、翌日昼近くになって、高野町へ向かうべく東京を発った。

軍資金はたっぷりあるし、時間を考えたら飛行機で飛んでもよかったのだが、なんとなくノスタルジックな気持ちになって、俺はつい、十四年前と同じように東京駅から新幹線に乗ってしまった。外は暑いが、車内から見る分には、晴れ渡った空が気持ちいい。途中の富士山もくっきり見えたし、瀬戸大橋に至っては、今見ても「よくこんなものを造ったたな」と感心する。

ただ、駅からはバスではなく、車をレンタルした。

ミニはさすがになかったので、流行のエコカーを選んだ。レンタカーのロットを出ると、ちょうどバスがロータリーを回ってきたところに鉢合わせた。

ちらりと窓越しに見えたドライバーは、名前は忘れたが、十四年前と同じオヤジさんで、少し老けたけれど相変わらず姿勢正しく、制服と白い手袋がよく似合っている。

バスを抜いて、俺はナビを頼りに高野町を目指した。

日本は夏でも日の入りが早い。街を過ぎると既にトワイライトといってもいい薄闇だった。最先端のエコカーとナビで走る田舎道というのは、なかなかシュールだ。すっごく昭和な家に液晶テレビがあるような……一見ミスマッチだが、これも時代だと言ってしまえばそれまでだ。

沙耶たちの世界にも変化はあるのだろうけど、それはきっとあまりに緩やかなのに違いない。人間の世界が目まぐるしいのは、沙耶たちと違って、人のライフスパンが短いからか……？

そんなことを考えながら車を走らせ、小さな町と山道を交互に抜けると、やがてぽつぽつとした「町」の灯りが見えてきた。

ナビが目的地への到着を告げる。

雛屋の前に車を止め、プリントしてきた地図の通りに裏通りを少し歩くと、大きな門を構えた家——というか、屋敷？——があった。

雛田、と表札の出ている開けっ放しの門をくぐると、中から賑やかな声が聞こえてくる。

網戸越しにたくさんの人が集まっているのが見え、その内の一人が俺に気付いて声を上げた。

「お、あれと違うか？　鍵は開いとるからのー」

網戸の向こうの人物が玄関を指差し、俺も指差しでそれに応えて、玄関に向かった。

一応呼び鈴を鳴らすべきか逡巡《しゅんじゅん》していると、中から足音が近付いて来て、がらっと引き戸が開いた。

「いらっしゃい……ええと、冬弥くん……だよね？」

「ええ、あのぅ……」

まじまじと見つめられて、俺は口ごもった。

「志帆です。何回かお店で会ったけど、忘れちゃったかな？」

「いえ、覚えてます。ちゃんと」

慌てて俺は言った。

志帆さんは一六五、六センチといったところだろうか。十四年前、雛屋のカウンター越しに俺が見上げていた顔が、今は逆に俺を見上げている。

「大きくなったのねえ。やっぱり食べ物かしら？」

「ええ、多分」

「あ、でも、おじいさんも背が高かったものね」

「はあ、まあ」

「とにかく上がって。蚊が入るし」

「あ……はい」

頭を下げて鴨居をくぐると、志帆さんにうながされるまま靴を脱いで上がった。

「あの、これ」

ええと、なんだっけ？　こういう時の常套句？

「……ツマラナイものですが」

一応イギリスらしいものを、と思って用意してきたものだが、今は大抵のものがネットで手に入る。恐縮しながら俺は、持ってきた紅茶と焼き菓子の詰め合わせを渡した。日本酒二本は母が東京で用意したものだ。

「ははは。気を遣うようになったのねぇ。——あ、嬉しい。ここの紅茶、美味しいものね。お菓子もみんなでいただくね。それにお酒はいくらあっても困らないわ。わざわざありがとう」

「いえ、あの、いつもお世話になっています」

日本語を忘れた訳じゃない。ただ、挨拶や敬語がなかなか出てこない。緊張しているせいもある。

十四年ぶりに会った志帆さんは、記憶の中のイメージ通り、凛とした美人だった。確か俺より二つ年上だったっけ……？

「さ、みんなお待ちかねよ」

「え？」

預けていた連翹荘の鍵を受け取るだけの筈だった。俺が驚くと、志帆さんは初めて照れた笑いを見せた。

「ナツさんのお孫さんが来るっていうんで、なんかみんな集まって来ちゃったの。まあ、田舎の洗礼だと思って諦めて。客間は用意してあるから、泊まっていってね」

急に言われて、俺は焦った。

「あのでも俺、その……芸とかはできないんですが」

日本での社会経験はないが、ドラマとかマンガではこういう時、何かしらの宴会芸をしなければならなかったような気がする。

志帆さんは一瞬きょとんとして、それからおなかを抱えて笑い出した。

「やだなー、もう。誰もそんなの期待してないから。それより、お酒は飲める？」

「まあ、そこそこ」

「なら大丈夫」

くすくす笑いながら、志帆さんはついて来るよう、俺に手招きした。


翌朝——というか、起きたら昼に近かった。

ベッドを降りるつもりで足を投げ出したら、すぐ隣が畳で、びっくりした俺はいっぺんに目を覚ました。

きょろきょろと部屋を見回して、ようやく昨夜のことを思い出す。

荷物は車から取ってきたらしいが、着替えるまでには至らなかったようで、服は昨日のままだった。とりあえず着替えて、洗面道具を片手に部屋を出てうろうろしていると、志帆さんがやって来た。

「おはよう」

「おはよう……ございます」

「二日酔い？」

「そこまでじゃ……その、疲れてただけで」

「そう？　結構飲んでたじゃない？　お酒、強いのね」

「まあ……」

そういう志帆さんも昨日はかなり飲んでいた——飲まされていた——ような気がするのだが。

「ちょうどよかった。お昼の用意できてるから。洗面所はそこ折れたところね。シャワーも使う？　タオルは横の棚にあるのを適当に使ってちょうだい」

シャワーも借りて自分なりに小綺麗にして台所に行くと、志帆さんがテーブルについて待っていた。テーブルには昼食が俺の分だけ載っている。

「店があるから、昼はみんなばらばらなの」

志帆さんはお茶を飲みながら、俺に付き合ってくれるようだ。

「昨日はお疲れさま」

「はあ」

「おじちゃんたち、喜んでたわ」

「それは、どうも」

「バイオリンで聴く演歌も新鮮だったし」

「ははは……」

歓迎会（？）は思ったよりずっと楽しく、盛り上がった。

集まって来た人たちは年配の人が多く、全ての人がじいちゃんを覚えていて偲《しの》んでくれた。この町にはたった五年しか住んでいなかったのに、じいちゃんはこんなにもみんなに慕われていたのかと思うと、身内のことだけに、じんとくるものがあった。

じいちゃんのことだけじゃない。俺のことも結構覚えている人がいて、「碁会所で見かけた」だの「細うて、はしこい子じゃった」だの、あの春休みのことを語り出す。

俺は十四の時に日本を離れて、ちょうど人生の半分を海外で過ごしたことになる。音楽科はヨーロッパの方が充実してるから、迷わずロンドンで進学したけれど、そのせいもあって日本の友達の多くとは疎遠になった。毎年帰国していたといっても、観ているテレビも、流行も違う。受験の苦労も分かち合うことがなかった地元の友達とは、少しずつ離れていってしまったのだ。今、日本で連絡を取り合っている友達はみんなロンドンで出会ったやつらで、地元の友達とは近所で会った時に、ちょっと立ち話する程度だ。話も必然的に仕事や家のことになり、子供の頃の想い出話をすることは少ない。

大人になってからの留学なら違ったと思う。でも、思春期のほとんどをロンドンで過ごし、今なお向こうで働く俺には、「家」である日本が少しずつ遠くなりつつある。だから、高野町の人の口から、十四だった自分が語られるのは恥ずかしい反面、新しく日本との絆が見つかったような気がして嬉しくもあった。

俺は確かに、ここにいたんだ。

そんなあたり前のことを確認して、酔いの回ってきた俺は陽気になった。

話すうちに思い出すこともたくさんあって、時田さんちからバイオリンを借りたことなどを語るうちに、流れで、車に積んだままだったフィドルを取りにいく羽目になった。

沙耶にまた弾き聞かせることもあるだろうかと、父さんから借りてきたやつだ。

慣れたフィドルと酒の勢いで、俺はかなり調子に乗っていたような気がする。最初の何曲かは得意のケルティックを、その後は耳コピした日本の歌謡曲や演歌を弾いて、喝采を浴びた。

イギリスではなく日本、パブではなくお座敷、ウィスキーではなく日本酒だが、酔っ払いというのはどこでも、それほど変わらないものなんだな、と、酔った頭で思ったのを覚えている。

「バイオリン、大丈夫かな。そのままになってたから、ケースに入れておいたけど」

不安そうに覗きこむ志帆さんに、俺は笑ってみせた。

「大丈夫、大丈夫。こいつ、酔っ払いには慣れてるから」

「そうなの？」

「父さんが、ヨーロッパ中を連れ歩いたツワモノだもん」

志帆さんとも、昨日より気軽に話せるようになったみたいだ。

ご飯を食べながら、訊かれるままに、俺は家族や仕事について語った。

「じゃあ、ゲームも得意なの？」

「それが、それほどでも。テスターやってる社員はすごいけど」

「なぁんだ」

志帆さんは、大阪にある有名な製菓学校を出た後、フランスに半年ほど留学していたという。今は家業を手伝いながら、週に二度、松山の料理教室でお菓子作りを教えているそうだ。

「だからね、ちょっとだけ、ロンドンも行ったことがあるの」

「そうなんだ。あ、だから紅茶のこと」

「うん」

「食べ物、まずかったでしょ？」

「はは。勉強だと思ってお菓子ばっかり食べてたから」

焼き菓子は美味しかったわ、と、懐かしそうに志帆さんは言った。

ひとしきりイギリスのお菓子の話で盛り上がった後、志帆さんが訊いた。

「ねぇ」

「うん？」

「連翹荘を売らないでって、冬弥くんがハルさんに頼んだんだってね」

「そうだけど……」

休暇を高野町で過ごしたいから、しばらく待ってくれ、と俺は子供のように駄々をこね、ハル叔父さんには母さんから話をしてもらって、とりあえず売却の件は保留にしてもらっている。

「どうして急にそんなこと言い出したの？」

どうしてって……

「志帆さんは――」

神さまを信じてる？

つい、宗教勧誘のような台詞を口にしそうになって、俺は慌てて次の言葉を探した。

「そのぅ……アイルランドやスコットランドにも行ったことがある？」

「エジンバラのお城だけ。どうして？」

「俺、父さんやじいちゃんの影響か、休みによく、ハイランドやアイルランドの田舎に行くんだけどさ」

「うん」

「……ああいうところの山に立つと、なんか、伝説が生きてるって感じがするんだ」

「伝説が生きてる？」

「神話や伝説の、神さまとか、妖精とか、英雄とかがさ、今にもその辺から出て来そうな気がするんだよ」

莫迦にされるかな、と思ったけど、志帆さんは意外に興味深そうに俺を見た。

「ええと、それでね……高野町にもその、似たようなものを感じるというか」

「ふうん……」

「だからその――工場なんか建つと、台無しっていうか」

くすっと志帆さんは笑ったけれど、それはけして嫌みな笑いではなかった。

「台無し、か。……面白いこと言うのね。でも、地元の人間としては嬉しいわ」

「そう？」

「うん。だって私やっぱり、この町が好きだもの。時代の流れとはいえ、山を崩して工場を作るなんて……私が生きてるうちは見たくはないなぁ。――あ、なんか年寄り臭いこと言っちゃった」

照れ笑いをする志帆さんにつられて、俺も笑った。

その土地しか知らない人なら、地元贔屓も話半分と思うけど、あちこち旅行したことがあって、大阪にもパリにも住んでいたという志帆さんが、この町に住み続けることを選んだ。志帆さんにとって生まれ故郷だからというだけでなく、ここはやっぱり特別な地なのではないかと思う。

沙耶がいるから特別なのか、特別だから沙耶が居ついたのか。

町への愛着は、昨夜集まった人々からも充分に感じられた。口では「田舎じゃけ」とへりくだりつつも、みんな実はこの町が好きで仕方ないのだ。その証明という訳ではないが、高野町では過疎化の傾向がまったく見られないそうだ。むしろ、十四年前よりも世帯数は増えているのだと、志帆さんのお兄さんが言っていた。

「特に連翹荘はね……」

つぶやくように言って、ふふ、と、思い出したように志帆さんは笑った。

「連翹荘がどうしたの？」

「……私の大切なプチ家出場所だったの。一人になりたい時に、様子を見てくるとか、草取りしてくるとか適当に言って、よく泊まり込んだものよ」

「一人で？」

　思わず訊き返してしまったのは、あそこが人里離れた場所にあるからだ。女一人で無用心な、と思ったのは、俺がいわゆる都会もんだからだろうか。

「うん。ウチは大家族だから、一人暮らしは結構心細かったんだけど、あそこは一人でも怖くないの。鈴さんが近いからかな？　守られているような気がするのよね」

「鈴さん？」

「ほら、山の上の……」

　あそこに鈴の神さまが奉られているということは知れていて、町の人はあの神社をそんな風に呼んでいるらしい。

「ああ」

　頷いたものの、神さまの正体を知っているだけに、志帆さんの思い込みは微妙なところだ。人間の世界に興味を持っているとはいえ、沙耶には「町を守っている」という意識はないだろうし、またそんな力も持ち合わせてはいない。

　でも……人々がこの町を愛する理由の一つは、沙耶と沙耶の鈴の音ではないかと、俺は思うのだ。俺やじいちゃんのように見聞きすることはなくても、みんなどこかで、その存在を感じているのではないだろうか。

　いわゆるご利益を授かることはなくとも、かつて沙耶が傍にいた時に、俺が感じたポジティブなエネルギーのようなものを、多かれ少なかれ、ここに住む人々は無意識に感じ取っているのではないだろうか……

「どちらかというと、志帆さんちがあの場所を守っていてくれたんだけど……」

――おれは鈴守じゃ――

そう、胸を張った沙耶が思い出されて、苦笑しながら俺は言った。

ポテチで蕁麻疹が出たり、アイスで腹を壊したりした、ちっとも神さまらしくない鈴の神さま。

「それは冬弥くんの家のことでしょ」

「え、だって、俺のとこなんて、ほとんどこっちに住んでないよ?」

「そうかもしれないけど」と言って、志帆さんが語ってくれたところによると、あの土地はもともとはこの辺りの地主だった雛田家のものだったのだが、その昔、後に有川を名乗るようになった俺のご先祖さまが譲り受けたらしい。

「詳しい事情は知らないんだけど、江戸時代――二百年ほど前の話よ」

「江戸時代……」

「その頃は土地の売買は実質禁止だったんだけど、わざと質入れして流すとか、方法はあったみたい。私は見たことがないけれど、探せば当時の証文が蔵に残ってる筈だって、前に祖母が言ってたわ」

蔵とか証文とか、普段聞かない言葉に雛田家の歴史を感じた。と同時に、今まであまり気にしていなかった自分のルーツに興味を覚えた。

あの小山の天辺に社を建てたのも、その時のご先祖さまだったという。

「天啓があった、って祖母は聞いたらしいけど、冬弥くんちってそういう、神社に縁のある家系なの？」

「さあ……」と、俺も首をかしげるしかない。

そのご先祖さまはおそらく「見える」人だったのだろうが……

「じいちゃんの話では、東京に出るまでは、ウチは普通の農家だったみたいだけど」

「ふうん。じゃあやっぱり、何かよっぽど特別な出来事があったのよね……」

ただの農家に、小さいとはいえ、山を買えるほどの蓄えがあったとは思えない。一体どんな経緯でそんなことになったのか。

興味津々な志帆さんに、何も情報を提供できない自分が残念だ。

今更だけど、もっと突っ込んでじいちゃんから話を聞いておけばよかった。

沙耶に訊いたら判るかな？

いや、沙耶よりも楓殿の方が当てになりそうだ。

それもまた、二人に再会できればの話だが……

「隣村と違ってそれまでこの村には神さまを奉った場所がなかったから、村外れでも、あんなに小さな神社でも、村のみんなは喜んだみたい」

だからこそ雛田家は、土地を融通してくれたのだろうし、有川家が留守の間の管理も買って出てくれたのだろう。

「あの神社については、ウチでは代々申し送りがあってね」と、志帆さんは続けた。有川家と共にあの土地を守ること、もしも有川家が手放すようなことがあれば、雛田家で買い戻すように……と、伝えられてきたという。

俺は何も聞かされていないが、ウチにも似たような「申し送り」があったことは想像に難くない。じいちゃんの話でも、東京へ出たじいちゃんのひいじいちゃんは、それまで耕していた田畑は売り払ったものの、あの小山とふもとの土地は手放さなかった。でも、母さんやハル叔父さんは売却にそれほど抵抗がないようだから、こっちの「申し送り」はどこかで――おそらくじいちゃんの急な死で――途絶えてしまったのではないだろうか。

雛田家では今回、売却の話を聞いて、ハル叔父さんを通じて忠生叔父さんと交渉したのだが、製粉会社の方が条件がいいらしく、埒《らち》が明かなかったとのことだった。

「どうもすみません……」

「冬弥くんが謝ることじゃないわ。むしろ冬弥くんのおかげで保留にしてもらえたから、ウチとしてはもう一度、ハルさんにお願いしてみるつもり」

冬弥くんも帰って来たしね、と、志帆さんは嬉しそうに言った。

「帰って来た……のかなぁ？」

「うーん、ちょっと違うか。でも、ナツさんは帰って来たじゃない。ナツさんの前にも何人か、短い間でも帰って来た人はいたみたいよ。ハルさんだって、仕事のことがなかったら、こっちに住んでもいいみたいなこと言ってたし……だからやっぱり、連翹荘は残しておいた方がいいんじゃないかしら？」

私もまた、家出したくなるかもしれないし、と、志帆さんは冗談ぽく付け足した。

「帰って来た」という言い方に、志帆さんの、土地への愛情を感じた。

そして俺もまたいつの間にか、「帰って来た」ような気持ちになっていた。

「……あの、俺からも、もう一度ハル叔父さんに話してみます」

「そう？　そうしてもらえたら心強いわ」

こぼれた笑みが眩しかった。

この人にならいつか、本当のことを——沙耶や楓殿や、じいちゃんと過ごした春休みのことを——話せるんじゃないかと、俺は思った。

お昼を食べた後、フィドルとキャリーバッグを持って外に出ると、志帆さんが車庫から回してきた車を見て、俺は目を見張った。

じいちゃんのミニだった。

「これね、ナツさんが亡くなったあと、ウチで買い取らせてもらったの」

「そうだったんだ」

「古いけど、まだまだ調子いいのよ」

じいちゃんがそうしていたように、真っ黄色のそれはぴかぴかに磨き上げられていて、俺は懐かしくて――嬉しかった。

身体を折り曲げてミニに乗り込む俺を見て、志帆さんは遠慮なく笑った。

家から大通りまで少しだけ走って、店の前に止めていた俺の車の横にミニを止めると、志帆さんは俺を店に招き入れた。

「いらっしゃいませ」

カウンターの向こうから声をかけたのは、志帆さんのお母さんだ。

「冬弥くん、起きられたのね。感心、感心」

「そのう……ご迷惑をおかけしました」

「いえいえ。楽しかったわー。お父さんも祐人も大はしゃぎだったわね」

「お兄ちゃんは飲み過ぎよ。今朝、貴紗子さんに怒られてたもん」

「あんなん、飲んだうちに入らんちゃ」

奥の暖簾の向こうから、祐人さんの憮然としたつぶやきが聞こえて、志帆さんとおばさんは顔を見合わせ、声を立てずに笑った。

なんだかんだ言ってもみんな俺の倍は飲んでいたし、それでもちゃんと早起きして仕事をしているのだから驚きだ。

「待っててね。今、お菓子を包むから」

奥から出来たての饅頭を持ってきて、おばさんが言った。

「あの、お気遣いなく……」

「やぁね、遠慮しないの。今でもよーく覚えてるわ。ナッさんと一緒に、二人でいくつも買ってってくれたでしょう。ナッさんもほんと、甘いもの好きだったわよねぇ」

おばさんが言うのに、志帆さんが「そうそう」と頷いている。

あれは沙耶が……と言いたいのをこらえて、俺は苦笑するしかない。

おばさんがお菓子を包んでくれている間に、志帆さんはあれこれ家の説明をして、俺に鍵を二つ渡した。

「こっちが玄関ね。お勝手も一緒」

「こっちは？」

家の鍵とは明らかに違う、洋風でアンティーク調の鍵だ。

「そっちは内緒。行けば判るわ」

ふふっと、志帆さんはいたずらな笑みをこぼした。

挨拶をして離屋を出た後、松山へ行くという志帆さんと別れ、俺は雑貨屋に立ち寄った。

お店は代替わりして息子さんが継ぎ、少しは改築したところが見られるが、記憶の中の店とほとんど同じだ。相変わらずカウンターの向こうには、エスプレッソマシーンが設置されている。レジに立っているのは俺より少し年上の息子さんだが、コーヒーは十四年前と同じく、おじさんが淹れている。

「よう、フユ坊」

昨夜の宴会の間に、俺はいつの間にか年配の人から「フユ坊」と呼ばれることになったようだ。

「ラテを一つください」

「はいよ」

おじさんがラテを淹れてくれる間、俺は当座の食料品を買い込んだ。

車に乗り込み、ナビをつけようとして思いとどまる。

道もそれほど変わっていない。ここからならナビがなくとも、迷わずたどり着ける自信があった。

町から十数分。

青々とした野山に開かれた道を、車はするすると走り抜ける。

左折して、道の舗装がなくなると、連翹荘はすぐそこだ。

夏は始まったばかりで、生い茂る連翹の葉は瑞々しい緑色をしている。

じいちゃんが亡くなった後はあまり人が住んでいなかったと聞いたが、雛田家では手入れを欠かさなかったようだ。もともと古かった家は、十四年前のままに、温かく佇んでいた。

草が刈られた庭の一角に車を止めると、勝手口に向かった。

ポケットから鍵を取り出し、そっと回す。

引き戸を開けると、懐かしい匂いがした。

それは木の匂いであったり畳の匂いであったり、台所に染み付いた米や味噌の匂いであったかもしれない。

中に入ると、こもった空気を入れ替えるために、まず台所の窓を開け放した。

冷蔵庫に買ってきたものを仕舞うと、俺は土間から居間に上がった。

がらんとしているが、志帆さんが言った通り、ちゃぶ台と座布団は出されている。

十四年前、あのちゃぶ台の向こうに、沙耶はちょこんと正座をしていた。

——おれはこうせぬと背が足りぬのじゃ——

千百歳というのが本当ならば、沙耶はきっと今でも小さいままだろう。

家の空気を入れ替えたら、山の上に行ってみよう。

雛屋でもらったお菓子を持っていって、あの時、約束を守れなかったことを謝ろう。

そんなことを思いながら俺は、居間の奥の、かつて俺が寝起きしていた部屋への襖を開けて……息を呑んだ。


部屋のど真ん中に鎮座していたのは、真っ黒なグランドピアノだった。

「なんで」

幻に触れるように、おそるおそる手を伸ばしたが、ピアノは消えたりしなかった。

ぐるりと回って鍵盤の前に戻ってくると、蓋を持ち上げてみるが上がらない。

はっと気付いて、ポケットに入れっぱなしだった、もう一つの鍵を取り出した。

鍵穴に差し込んで回すと、カチリと小さな音がした。

椅子に座ってそっと蓋を開けると、滑らかな、象牙色のキーが並んでいる。

ピアノは今はなき国産メーカーので、グランドピアノにしては小ぶりだった。

キーを押すと、整った、優しい音が出た。

沈む時のあたりも柔らかくていい。

手慣らしに短いワルツを一曲弾いて、ハル叔父さんに電話してみた。仕事中の筈だったが、叔父さんはあっさり電話に出た。

(よう、着いたか?)

「うん。あのさ、このピアノ……」

(おふくろ――お前のおばあちゃんのピアノだよ)

やっぱり、そうか。

(驚いたか?)

「驚いたよ」

(サプラーイズ!)

ハル叔父さんがおどけて言った。

「サプライズって……叔父さん。これ、いいの?」

いまだ信じられない気持ちで、おずおずと俺は訊いた。

(親父がなあ、えらく楽しそうにしてたんだよ)

「じいちゃんが？」

(うん。事故に遭うちょっと前にさ。お前がまた夏に遊びに来るってな。今度はお前の得意なピアノと合わせるから、それまでにもっとクラリネットの練習しておかないとな、なんて)

「……そうだったんだ」

(倉貫の家でも誰も使ってなかったみたいだし、ずっと物置に眠ってたんだよ。もったいないだろ？　もともと親父にくれるって話だったんだしさ。運んできた人も、調律に来た人も、感動してたよ。俺、全然判らないけど、珍しいピアノなんだろう？　親父の話では、倉貫の家がおふくろのために特別に作らせたらしいよ。おふくろはお嬢だったからなあ)

ばあちゃんが早くに亡くなったから、母さんはともかく、俺や姉貴が倉貫家を訪ねたのは、子供の頃にほんの数回だ。とにかくでかくて、古くて、堅苦しい屋敷だった印象しか残っていない。

(今回、お前がわざわざロンドンから一ヶ月も来るっていうからさ。親父が約束したことだし……ま、いい暇つぶしになるんじゃないかと思ってさ)

「うん」

（そこんちもさ、お前にそんなに思い入れがあるなら、そのままにしとけばいいさ）

さらりと言われて、意味を汲み取るのに丸一秒ほどかかった。

「え、マジで？」

（マジで。忠生さんはぶつぶつ言うかもしれないけど、俺と姉貴が親父から継いだものだし……税金だってまあ、姉貴が言うほど大した額でもないしさ。俺、子供いないから、どうせいずれは冬弥や玖美夏ちゃんのものになるんだし。ピアノもまた動かすの面倒だから、いっそもう、お前の別荘にしちゃえば？）

それはいくらなんでも先走り過ぎだと思いながらも、とりあえずここが売られる心配がなくなって、俺はほっとした。志帆さんと話した後にも、どうやってハル叔父さんを説得しようか考えていたところだった。

知らせを喜ぶ志帆さんの顔を想像して、口元がついほころんだ。

「……そうなったら俺、ちゃんと家賃払うよ」

（あたり前だ。身内だからってそこまで甘くないぞ。ああでも、家族割引はしてやろうじゃないか）

冗談めかして言うハル叔父さんの声は、息子だけあってじいちゃんによく似ている。

「あのさ」

（うん？）

「その……ありがとう」

（ユー・アー・ウェルカム）

せっかく俺がしみじみ言ったのに、ハル叔父さんはまたまたおどけて「仕事中だから」と、あっさり電話を切った。

志帆さんに電話をしようと思って――やめた。仕事中だろうし、できることなら、顔を見ながら話がしたい。また明日にでも離屋を訪ねてみることにしよう。

それよりも、今は。

スマホを置いて俺は改めてピアノと向き合った。

鍵盤を撫でると、懐かしさが溢れた。

このピアノに触れるのは今日が初めてだけれど、ここには俺の一部がある。

写真でしか見たことがないばあちゃんは、このピアノを本当に大切にしていたに違いない。ばあちゃんのためにクラシックを練習したというじいちゃんと二人で、一体どんな曲を演奏したんだろう？

じいちゃんとばあちゃんが結婚して母さんが生まれ、母さんと父さんが結婚して、姉貴や俺が生まれた。

ばあちゃんは思い描いたことがあったろうか？

少女だった娘が大人になって、結婚して、孫が生まれて――その孫がいつか自分のグランドピアノを奏でる未来を。

この鍵盤の感触はまた、初めて触れたグランドピアノを俺に思い出させる。

新しい曲を覚えるのが、楽しくて楽しくて仕方なかった子供の頃。
初めて入賞したコンクール。
じいちゃんと父さんと、三人で演奏した数々のアンサンブル……
気が付くと俺は、思いつくままに指を走らせ、曲を奏でていた。
クラシックから始まって、やがてジャズやブルースが混じり出す。
楽しい。
楽しくてたまらない。
やっぱり俺、ピアノが好きなんだな……
くすりと一人で笑うと、俺はあの頃気に入っていた曲を弾き始めた。
母さんに文句を言われながらも、練習時間外に弾いていた、ラグタイムだ。
小気味よく繰り返すフレーズが心地いい。
ドアを開ければ、見渡す限りの野原が広がっているような気がする。
雲一つない青空は、ずうっと先で足元の大地とつながっている。
自由で――駆け出したくなるような躍動感。
わくわくする。
何か、いいことが起こりそうな予感がする……
弾きながら、俺はここしばらくのわだかまりが霧散していくのを感じていた。
クラシックとか、ジャズとか、ジャンルは関係なかった。

自分の指先から紡ぎ出された音が、遠く、遠くまで放たれ、やがて弧を描いて戻ってきては、内なるものを満たしていく。

そうか。

充足感に胸を詰まらせながら、俺は気付いた。

原因が「あった」んじゃなくて、感動が「なかった」のか……

このアンティークなピアノから流れ出る軽やかな音との一体感は、もう何年も感じたことのなかった「真に美しいもの」への純粋な喜びだった。

目の前が晴れ、遠くまで見渡せるような。

頭が冴え渡り、探していた答えにたどり着けそうな。

そう。

まるで、沙耶のあの、鈴の音を聴いた時のように……

……しゃん。

俺の想いに呼応するように、記憶の中の沙耶の鈴が鳴った。

……しゃらん。

いや、違う。

指を休めることなく、俺は目を閉じ、耳を澄ませた。

外は、さやかな風の吹く夏の午後だ。

風が揺らす木々の葉ずれに混じって、鳥や虫の羽音がする。

遠くで、蝉が鳴いている。

……ぱた。

あれは――

……しゃん。

ぱた。

しゃらん。

ぱた、ぱた。

――あの音は。

「かえでー、こっちじゃー」

ぱたぱたぱた。

懐かしい足音が近付いて来る。


俺は努めて平静に曲を紡ぎ続けた。

「はようー」

ぱたぱたと駆け足の後に、すっ、すっ、と落ち着いた静かな足音が続く。

「安那様。そんなに急いで、転んでも知りませんよ」

「そのようなへまはせぬ。それより、早くゆかねば」

「せめて鈴をお仕舞いくださいませ。そんなに振り回していては、またすっぽ抜けてしまいます」

「む。そうじゃな」

駆け足は家の前で止まったようだ。

「ここじゃ。この家から聞こえてくるのじゃ」

「どなたか、新しい住人がみえたのでしょうか」

「なんの音かいのう？　まこと、楽しげじゃのう……」

そろそろと、縁側の外から二人の気配が伝わってくる。

網戸越しに視線を感じた。

ややおいて、沙耶のしかつめらしいコメントが聞こえた。

「……よく見えぬが、大きくて黒い、虫のような形をしておる」

ぶっ、と吹き出しそうになるのを俺はこらえた。

「虫……ですか」

楓殿の声もどこか呆れた様子だ。

「なんとも軽やかな音色じゃのう。もっと近くで見たいのう……」

「いけません、安那様。黙って静かに耳を澄ませるのが、優れた楽士に対する礼儀でございます」

「うむ。ならばここでしばし、耳を傾けようぞ」

「そういたしましょう」

二人は縁側に腰かけたようだ。かすかに衣擦れの音がした。

「安那様、あれはもしや」

「しーっ。静かにせぬか」

込み上げてくる想いに、自然に笑みがこぼれた。

最後の音を弾ききると、俺はすっと椅子を立った。

縁側を見ないように、まっすぐ前を向いて居間に向かう。

「もう終《しま》いか。残念じゃのう」

つっかけるように靴を履き、土間を抜けて外に出ると、俺は縁側まで急いだ。

「何やらこう、心躍る、愉快な音曲《おんぎょく》じゃったのう……」

うっとりと網戸の向こうのピアノを見つめていた沙耶が、俺の足音に気付いて振り向いた。

その姿は思った通り、十四年前と変わらない。どう見ても五、六歳の、着物を着た小さな子供がきょとんと俺を見上げている。

俺は今、一体どんな顔をしてるんだろう？

俺は沙耶の真正面に立つと、一つ深呼吸をして、かつてコンクールでそうしたように、片手を胸に、うやうやしくお辞儀をした。

「おぬし……」

沙耶の瞳がみるみる輝く。

「──冬弥か？　冬弥じゃな？」

頷いて俺が膝を折ると、沙耶は顔をくしゃくしゃにして飛びついてきた。

「夏休みじゃな？」

「え？」

「とうとう、夏休みがきたのじゃな！」

「沙耶……」

待っててくれたんだ。

ここで、ずっと。

変わらずにここにいて、ずっと俺を待っていてくれたのだ。

夏休みに帰って来ると言った俺を。

「ごめん。遅くなっちゃって」

俺が謝ると、沙耶は少し離れて目を細めた。

「まこと、待ちわびたぞ」

「うん」

「それにしても、大きゅうなったのう……」

「うん……」

俺を見やってしみじみと言う沙耶に、俺は苦笑した。

かがんだまま、沙耶の後ろの楓殿に一礼する。

「大変遅くなりましたが……」

「戻って来られましたか」

「ええ」

「それは……よろしゅうございました」

微笑む楓殿も、十四年前の記憶のままだ。

沙耶はまじまじと俺を眺めて、それから、はっとしたように言った。

「ぴあのか？　あれがぴあのとやらか？」

「うん。大きな黒い虫じゃないんだよ」

「なんじゃ」

てへへ、と、沙耶は照れた笑いをこぼした。

「聞いておったのか。なあんじゃあ……意地が悪いのう……」

「ごめん」

ははは、と、俺もようやく声に出して笑うことができた。

遠くから、五時を知らせる鐘が聞こえてきた。

思っていたよりずっと長く、俺はピアノに夢中になっていたらしい。

鐘の音を聞いて思い出したかのように、沙耶のおなかが「くぅ」と鳴った。

「む」と、沙耶が自分の腹を見やる。

腹の足しになればと、俺が台所から取ってきた雛屋の包みは、沙耶が受け取る前に、さりげなく伸ばされた楓殿の手によって取り上げられた。

「ああっ」

悲痛な声を出して、沙耶は楓殿を睨んだ。

「……帰って、夕餉の支度をいたしましょう」

「おれの菓子じゃ」

「では、夕餉をすっかりお召し上がりになったら、お菓子を一つ差し上げましょう」

「ひとつ……」

「さあ、帰りましょう」

「嫌じゃ。まだ話し足りぬのじゃ」

お菓子を取られた腹いせか、駄々っ子のように沙耶はそっぽを向いた。

「また明日、遊びに来たらよいではありませんか」

「じゃが……」

楓殿の言葉に、沙耶は俺のシャツをつかんで、おずおずと問うた。

「のう、冬弥。此度《こたび》は、いかほど滞在できるのじゃ？」

「とりあえず、夏が終わるまでは、ずっと」

「夏が終わるまでとな？」

沙耶の顔がぱあっと輝いた。

「うん」

会社に即行メールを打たねば。

溜まっている有休を全部消化しても、今度こそ俺は約束を守りたい。

「夏はまだ、始まったばかりじゃのう……」

「うん」

「たくさん、たくさん、遊べるのう……」

ふふふふふ、と、口に手をやり、嬉しげに沙耶は忍び笑いを漏らした。

「ですから、積もる話は明日になさいませ」

楓殿が澄まして言うのを無視して、沙耶は俺を見上げた。

「明日も、遊んでくれるかの？」

「もちろんだ。俺、沙耶に話したいことが、たくさんあるんだよ」

「おれもじゃ。おれも、冬弥に語りたいことが、山ほどあるのじゃ」

「そりゃ楽しみだ」

「さあ、安那様」

楓殿にうながされて来た道を戻りかけ……たっと駆け戻って来ると、沙耶は俺を小さく手招いた。

「冬弥、冬弥」

「うん？」

膝を折ってかがんだ俺に、囁くように沙耶は訊いた。

「菓子はあれで終いか？」

「残念ながら」

「むぅ」

「安那様」

じろりと睨んだ楓殿に、沙耶は首をすくめた。

「今日は諦めるんだね。明日また、何かご馳走するよ」

「うむ」

気を取り直したように沙耶は頷いた。

「……明日もまた、ぴあのを弾いてくれるかの？」

「もちろんだ」

「おれも、触れてみてよいかの？」

「安那様」

「かまいませんよ。ちょっとやそっとじゃ壊れませんから」

「はあ、しかし——」

「冬弥がよいと言っておるのじゃ。楽しみじゃのう……」

勝ち誇ったように沙耶は言い、それから再び声を潜めて手招きした。

「冬弥、冬弥」

「うん？」

かがんだままの俺の耳元に口を寄せ、「あのな」と沙耶は囁いた。

「明日はおれ一人で参るゆえ……」

もじもじと、沙耶は言葉を濁した。

「うん」

「……また、あいすを食べさせてくれぬかのう？」

俺は思わず吹き出した。

「いいよ。――半分だけならね」

「安那様」

呆れ声の楓殿をよそに、沙耶は俺から離れて駆け出した。

「約束じゃぞ、冬弥」

「安那様」

「約束じゃ！」

笑い声と共に、沙耶はあっという間に楓殿を追い越し、連翹の向こうへ姿を消した。

ぱたぱたと、弾むような足音が遠のいていく。

小さく溜息をついた楓殿は、俺と目が合うと微笑んだ。

「……賑やかな夏になりそうですね」

「ええ」

夏はまだ始まったばかりだ。
こんなにも明日に——未来に——わくわくするのはいつ以来だろう？
この夏はきっと、賑やかで、楽しいに夏になるだろう。
駆けて行く沙耶の袂で、黄金の鈴が転がったようだ。
しゃららん。
かすかだが冴え冴えとした美しい音が、夏の夕暮れに響き渡った。

本作品は、二〇一二年七月にポプラ社より刊行された『鈴の神さま』に若干の修正を加えたものです。

なお、本作品はフィクションであり、登場する人物・団体は、実在の個人および団体等とは一切関係ありません。

知野みさき（ちの・みさき）

一九七二年生まれ、ミネソタ大学卒業。現在はカナダBC州在住、銀行の内部監査員を務める。二〇一二年『鈴の神さま』でデビュー。同年『妖国の剣士』で第四回角川春樹小説賞受賞。

著書に『しろとましろ　神田職人町縁はじめ』、上絵師　律の似面絵帖シリーズ『落ちぬ椿』『舞う百日紅』『雪華燃ゆ』、『山手線謎日和』、『深川二幸堂菓子こよみ』等がある。

だいわ文庫

鈴《すず》の神《かみ》さま

著者　知《ち》野《の》みさき

二〇一八年七月一五日第一刷発行

発行者　佐藤　靖
発行所　大和《だいわ》書房
東京都文京区関口一―三三―四　〒一一二―〇〇一四
電話　〇三―三二〇三―四五一一

フォーマットデザイン　鈴木成一デザイン室
本文デザイン　bookwall
本文イラスト　おとないちあき
本文印刷　信毎書籍印刷
カバー印刷　山一印刷
製本　小泉製本

ISBN978-4-479-30714-3

http://www.daiwashobo.co.jp

だいわ文庫の好評既刊

阿川佐和子
グダグダの種
しみじみダラダラ過ごす休日の愉しさは「おひとりさま」の特権です！　ゆるくてスローで少々シアワセな日常を味わう本音エッセイ！
600円
174-1 D

阿川佐和子
福岡伸一
センス・オブ・ワンダーを探して
生命のささやきに耳を澄ます
動的平衡の福岡ハカセと対談の名手アガワが、子供時代のかけがえのない出会いと命と世界の不思議を語る。発見に満ちた極上の対話！
700円
174-2 C

＊竹内真
だがしょ屋ペーパーバック物語
駄菓子と本の店だがしょ屋のヤマトさんにかかれば、トラブルも事件も即解決!?　キュートでスパイシーな謎解き＆ビタミン満点の物語。
680円
355-1 I

＊佐藤青南
君を一人にしないための歌
女子高生の七海は年齢・性別・経験不問でギターを募集中！でも集まるのは問題児ばかりで…！新時代の音楽×青春×ミステリー爆誕！
680円
356-1 I

＊白石まみ
編集女子クライシス！
特殊と噂の男性誌「ANDO」編集部に配属された文香。AV女優の取材に謎のメール、おまけに先輩の嫌がらせ!?一気読みお仕事小説。
680円
358-1 I

＊風野真知雄
縄文の家殺人事件
東京と青森で見つかった二つの遺体。密室、13年前の死、古代史の謎。八丁堀同心の血を引くイケメン歴史研究家が難事件に挑む！
650円
56-11 I

＊印は書き下ろし

表示価格はすべて本体価格（税別）です。本体価格は変更することがあります。

だいわ文庫の好評既刊

*知野みさき
深川二幸堂 菓子こよみ
社交的な兄と不器用な弟が営む深川の小さな菓子屋「二幸堂」。美味しい菓子が心を癒し、人と人を繋げ、希望をもたらす極上の時代小説。
680円 361-1 I

*碧野圭
菜の花食堂のささやかな事件簿
裏メニューは謎解き!? 心まで癒される料理教室へようこそ! ベストセラー『書店ガール』の著者が贈る、やさしい日常ミステリー!
650円 313-1 I

*碧野圭
菜の花食堂のささやかな事件簿 きゅうりには絶好の日
グルメサイトには載ってないけどとびきり美味しい小さな食堂の料理教室は本日も大盛況。大好評のやさしくてほろ苦い謎解きレシピ。
650円 313-2 I

*碧野圭
菜の花食堂のささやかな事件簿 金柑はひそやかに香る
本当に大事な感情は手放しちゃいけないわ――小さな食堂と料理教室を営む靖子先生はまるで名探偵!? 美味しいハートフルミステリー。
650円 313-3 I

*里見蘭
古書カフェすみれ屋と本のソムリエ
おすすめの一冊が謎解きのカギになる!? 名著と絶品カフェごはんを愉しめる、すみれ屋へようこそ! 本を巡る5つのミステリー。
680円 317-1 I

*里見蘭
古書カフェすみれ屋と悩める書店員
紙野君がお客様に本を薦めるとき、何かが起こる――名著と絶品カフェごはんを味わいながら謎解きを堪能できる大人気ミステリー!
680円 317-2 I

*印は書き下ろし

表示価格はすべて本体価格(税別)です。本体価格は変更することがあります。